En petites coupures

ŒUVRES PRINCIPALES

Monsieur X
Terreur sur Londres
Le bandit
Le cavalier blanc
Les aventures du Saint
1 - Le Saint entre en scène
2 - Le policier fantôme
3 - En petites coupures

Leslie Charteris

Une aventure du Saint

En petites coupures

Traduit de l'anglais
par Sophie Troubac

Librio

Texte intégral

1

Le cri déchira la nuit comme une détonation, mais il fut si vite et si brusquement étouffé que Simon Templar ouvrit les yeux et se demanda un instant s'il n'avait pas rêvé.

À l'intérieur de la voiture, l'obscurité était impénétrable. Au-dehors, à travers la fine couche de givre et de buée qui grimpait sur la vitre, il ne distinguait que l'ombre de quelques arbres dont les silhouettes se découpaient tristement sur l'uniforme pâleur du ciel. Un rapide coup d'œil à l'écran lumineux de son bracelet-montre lui indiqua qu'il était cinq heures moins le quart. Il avait dormi à peine deux heures.

Le week-end qui s'était déroulé chez des amis exilés au fin fond des Cornouailles, à environ trente-deux mètres de Nulle Part, s'était achevé un peu plus de sept heures auparavant. Éprouvant un léger amollissement après trois jours passés en la compagnie de ces deux jeunes tourtereaux en convalescence d'une récente lune de miel, le Saint avait donc profité d'une nuit claire pour sortir sa voiture et filer à Londres. À quelques kilomètres de Basingstoke, il s'était arrêté sur un chemin de traverse pour fumer une cigarette, avaler un sandwich et piquer un petit somme. La cigarette et le sandwich avaient été expédiés. Le somme aurait dû durer jusqu'à ce que les aiguilles de sa montre se rencontrassent à six heures trente et que le ciel fût laiteux des premières lueurs de l'aube. Il s'était lui-même fixé cet horaire, sachant que ses yeux ne s'ouvriraient pas une minute plus tard.

Ce qui avait été le cas. Mais ils n'auraient pas dû s'ouvrir une minute plus tôt non plus...

Le Saint resta immobile une seconde ou deux, l'oreille à l'affût du moindre murmure qui, troublant la quiétude, aurait pu répondre à la question qu'il se posait. Il se concentra sur ses derniers instants de sommeil pour se remémorer le bruit qui l'avait réveillé.

Puis, d'un mouvement rapide, il tourna la poignée de sa porte et se glissa furtivement dehors.

Il venait de comprendre que ce cri ne pouvait être le fruit de son imagination. Le son véritablement horrifié qui avait déchiré l'atmosphère vibrait encore à ses tympans tandis que l'effroyable sanglot sur lequel il s'était achevé semblait frémir encore dans l'air. Le bruit étouffé d'une course qu'il venait de percevoir ne faisait que confirmer ce qu'il savait déjà.

Il resta dans l'ombre de son automobile. L'odeur froide et humide de l'aube emplissait ses narines. Les pas se rapprochaient. Ils venaient dans sa direction par la route principale. Depuis qu'il était descendu de voiture, leur martèlement était d'une surprenante clarté. Ils se détachaient si distinctement dans le profond silence qui l'environnait qu'il avait presque l'impression de voir le coureur. Il savait qu'il s'agissait de l'homme qui avait crié. La terreur absolue qui avait retenti au cœur même du cri s'exprimait à présent dans la fuite éperdue de ces pas. L'insupportable épouvante s'était traduite en réaction musculaire. Il était évident qu'il ne s'agissait pas d'une course ordinaire. Les pas étaient chaotiques, aveugles, trébuchants, ponctuant la course désespérée d'un homme dont la raison avait flanché avant de se briser devant les visions de l'enf...

Simon sentit se hérisser le fin duvet de sa nuque. Dans un instant lui parviendrait le râle d'agonie du fuyard. Il l'attendit, immobile. Il s'était légèrement éloigné de sa voiture et se trouvait maintenant accroupi juste à l'angle du chemin, à moins d'un mètre de la route, complètement dissimulé par l'ombre d'une haie.

Le plus élémentaire processus de déduction lui disait qu'aucun homme n'aurait couru de cette façon à moins d'avoir l'objet même de sa terreur à ses trousses. Et que personne n'aurait hurlé de cette façon à moins d'avoir senti sur son épaule l'étreinte glaciale et ferme de la funeste main du Sort. Voilà pourquoi le Saint attendait.

L'homme atteignit l'angle du chemin.

Simon l'aperçut brièvement. Un homme de taille et de corpulence moyennes, sans veste. Sa tête était rejetée en arrière et ses poings battaient l'air à ses côtés. À la lueur du jour naissant, son visage paraissait étroit. Ses joues étaient creusées, son menton souligné par une barbe en pointe et ses yeux exorbités.

Il était épuisé. Il devait déjà être à bout de forces deux cents mètres plus tôt. Mais ce ne fut qu'en parvenant à l'angle du chemin que ses dernières forces l'abandonnèrent. Il trébucha encore sur quelques pas, puis, comme si un fil tendu en travers du chemin lui avait brusquement coupé les jambes, il s'effondra. Ce fut sans aucun doute l'ultime instinct de l'animal pourchassé qui le poussa à se relever et à tituber sur le petit chemin où les bras puissants du Saint l'accueillirent alors qu'il s'écroulait sur le sol.

L'homme releva les yeux vers le visage du Saint. Ses lèvres tentèrent de former une syllabe mais le sifflement de sa respiration franchit sa gorge sans proférer le moindre son. Puis ses yeux se fermèrent, son corps s'affaissa et Simon le déposa doucement sur le sol.

Le Saint se redressa et pénétra de nouveau dans l'ombre. Le lent éclaircissement du ciel renforçait l'obscurité qui l'abritait tandis qu'au-delà de la haie une pâle lueur commençait à révéler les détails de la route. Simon entendit alors l'arrivée d'un deuxième homme.

Les pas étaient si légers qu'il ne fut pas surpris de ne pas les avoir perçus plus tôt. Au moment où il les discerna, ils provenaient d'une distance de plusieurs mètres. Ils seraient restés inaudibles aux oreilles de n'importe quel observateur moins averti, mais le Saint, lui, entendit les longues foulées efficaces et fantomatiques survoler le macadam. Un deuxième frisson de clairvoyance exceptionnelle parcourut le sommet de son crâne et glissa le long de sa colonne vertébrale comme un filet d'eau glacée. Les pieds qui rendaient de tels sons étaient humains mais ils étaient nus...

L'homme apparut alors à l'angle du chemin.

Simon le vit aussi clairement – plus clairement, même – qu'il avait vu le premier.

Sa silhouette, droite et colossale, se détachait à l'entrée du chemin tandis que ses yeux scrutaient l'obscurité.

La lumière blafarde du ciel éclairait un large visage noir et se réfléchissait en éclats argentés sur l'ébène de membres démesurés. À l'exception d'un carré de tissu négligemment noué autour des reins, l'homme était nu. La surface luisante de son immense torse se soulevait au rythme régulier et puissant de sa respiration. Face à la détermination sauvage qui se lisait derrière le simple aspect physique de cette superbe brute, face à la cruauté qui se lisait dans le pli de ses lèvres et la lueur de son regard, un troisième et dernier frisson glacé rampa dans le dos du Saint.

Alors que Simon l'observait, fasciné, les yeux du géant se posèrent sur le corps étendu au milieu du chemin. Il s'avança, un grognement de bête roulant au fond de la gorge.

Ce fut alors que le Saint, avec un effort aussi physique qu'intellectuel, s'arracha aux tentacules d'acier qui, par une sorte d'hypnose, le paralysaient depuis quelques secondes. Il se leva.

– Bonjour, lança-t-il poliment.

Ce fut la dernière politesse qu'il formula ce jour-là. Quiconque l'avait jamais entendu parler ne se faisait aucune illusion sur l'opinion du Saint quant à sa propre résistance physique et quiconque l'avait jamais vu se battre n'avait jamais sérieusement remis en cause la justesse de cette opinion. Mais cette circonstance était le genre d'occasions grâce auxquelles le Saint savait que les chemins de la gloire n'ont d'autre destination que la tombe. Cela pour aider le lecteur à comprendre pourquoi, après cette unique concession préliminaire aux exigences de son manuel de savoir-vivre, le Saint, abandonnant les civilités sans plus de manières, entreprit d'écarter la masse qui lui cachait l'horizon.

Après tout, cette encyclopédie des vertus sociales – bien qu'elle possédât quelques suggestions utiles et réconfortantes quant à l'art de s'adresser aux archidiacres, de placer le dalaï-lama dans l'ordre correct de prééminence par rapport à un adjoint municipal herzégovien et de refuser des invitations à des ventes de charité pour des foyers destinés aux épouses des vulcanisateurs psychotiques – n'avait jamais envisagé le genre de situation dans lequel il se trouvait. Le Saint en conclut qu'il était libre d'agir à sa guise.

Le Noir accroupi, figé dans l'attitude où la voix distinguée du Saint l'avait surpris, s'efforçait de percer l'obscurité. Obscurité de laquelle, comme un boulet de canon humain, le Saint fondit sur lui.

Il surgit dans une sorte d'étrange bond de travers qui le propulsa hors de la nuit avec non moins de soudaineté renversante que s'il s'était en une fraction de seconde matérialisé depuis la quatrième dimension. Et le Noir n'eut simplement pas le temps de réagir (la rapidité étant assurément la seule qualité tangible du mouvement). Sa vitesse, particulièrement tangible donc, fut, sans aucun doute, l'un des éléments douloureux les plus frappants que la victime ait jamais été amenée à rencontrer. Cet élan, né des cinq orteils du pied gauche du Saint, remonta jusqu'à son mollet, envahit sa cuisse et se concentra en une ultime vague de puissance dans les muscles nerveux de ses hanches. Puis, suivant une savante torsion du buste, il bascula dans un autre conduit et descendit le long des ligaments tendus de sa jambe droite, rassemblant de nouvelles forces à chaque étape de sa progression avant d'être expulsé à l'extrémité de sa chaussure avec la violence fracassante d'un torrent se déversant par le plus fin des embouts de tuyau d'arrosage. Et, à l'instant précis où chaque molécule de cette force écrasante et de cette vitesse stupéfiante se concentrait à l'extrême pointe de sa chaussure droite, celle-ci s'encastra très précisément au centre géométrique de l'estomac du Noir.

Si un ballon s'était trouvé à ce point d'impact, un lambeau de cuir déchiré aurait raisonnablement pu être attendu sur terre quelque part au nord des bâtiments de la Aberdeen Providential Society. Et l'effet sur la cible humaine, si colossale fût-elle, s'avéra également dévastateur bien qu'un tout petit peu moins spectaculaire.

Simon se redressa et vit l'homme reculer de trois pas comme s'il avait été pris en plein dans la trajectoire d'un bélier hydraulique lancé à toute allure. Le sifflement des poumons qui se vidaient se fondit en une série d'effets sonores synchronisés avant de s'achever sur un petit grognement crachoteux. Le Noir sembla alors se dissoudre sur la chaussée comme une sculpture de beurre soumise à la violente bouffée d'une fournaise...

Simon ouvrit une des portes arrière de la voiture d'un coup sec, ramassa l'homme barbu étendu sur le sol, le déposa sur les coussins et claqua la porte.

Cinq secondes plus tard, il était derrière le volant et le démarreur automatique faisait vrombir le moteur.

Il tourna un interrupteur et, dans le tronçon lumineux découpé par les phares, il vit le Noir se redresser vivement sur les mains et sur les genoux. Le Saint relâcha l'embrayage et, dans l'explosion des gaz d'échappement, la voiture bondit en avant. Elle s'élança sur l'étroit chemin. Dans le virage serré, un des marchepieds frôla l'herbe haute du bas-côté. Sur un adroit tête-à-queue, le véhicule s'engagea enfin sur la large route, principale.

Dix mètres plus loin, en plein dans le faisceau des phares, un agent de police en uniforme dégringola de sa bicyclette et se précipita au milieu de la route, les bras écartés. Le Saint faillit en sursauter.

Il réalisa instantanément que le cri qui l'avait réveillé avait dû s'entendre d'une distance considérable. L'attitude de l'agent n'aurait pu indiquer plus clairement une curiosité que le Saint était – en cette seconde – instinctivement peu enclin à satisfaire.

Il ralentit et le policier se rangea naïvement sur le côté.

Le Saint relança alors le moteur, puis relâcha l'embrayage qui claqua brusquement et la voiture bondit dans l'aube dans un rugissement furieux, tandis que derrière lui les cris du policier se désintégraient en vains lambeaux dans le vent.

2

Le jour était complètement levé quand le Saint s'engagea dans la petite rue de Upper Berkeley. Il s'arrêta devant sa propre porte qui s'ouvrit avant même qu'il eût coupé le moteur.

– Salut, mon vieux ! lança Patricia. Je ne t'attendais pas avant une heure.

– Moi non plus, rétorqua le Saint.

Il l'embrassa légèrement sur les lèvres. Puis il recula. Sa casquette était inclinée vers l'arrière avec désinvolture et sa veste de cuir retombait sur ses larges épaules. Il ôta ses gants en la contemplant de son plus énigmatique sourire.

– Je t'ai apporté un nouveau joujou, déclara-t-il.

Il se tourna pour ouvrir la porte arrière. La jeune fille plongea un regard intrigué à l'intérieur du véhicule. Le passager, toujours inconscient, gisait comme une momie dans le plaid que le Saint avait enroulé autour de lui. Son visage pâle et inexpressif était tourné vers le toit.

– Mais... qui est-ce ?

– Je n'en ai pas la moindre idée, répondit le Saint avec affabilité. Mais pour les besoins d'une bonne compréhension, je l'ai baptisé Beppo. Sa chemise porte une étiquette milanaise. Sherlock Holmes en personne ne pourrait en déduire davantage. Et jusqu'à présent, il n'a pas eu la tête à me fournir de plus amples informations.

Patricia Holm scruta le visage du Saint, vit la lueur combative dans son regard et décela l'ombre d'une sainte allégresse jouant aux commissures de son sourire. Elle inclina son adorable tête.

– Tu as eu des ennuis ?

– Disons plutôt une rencontre imprévue, précisa modestement le Saint. Sambo n'avait aucune chance – je n'avais d'ailleurs pas l'intention de lui en laisser une seule. Mais les règles de l'art ont été scrupuleusement respectées. Il n'y a eu aucun coup au-dessous de la ceinture, qui pendait d'ailleurs négligemment sur ses chevilles...

– Mais, de qui est-ce que tu parles ?

– Nous n'avons, encore une fois, aucune information à ce sujet. Mais, cette fois encore, pour des raisons de bonne intelligence, nous l'appellerons oncle Tom. Et maintenant, écoute.

Simon la prit par les épaules et lui fit faire volte-face.

– Quelque part entre Basingstoke et Wintney, expliqua-t-il, a commencé un jeu très divertissant qui va beaucoup nous intéresser. Et pour une fois, j'y suis entré en toute innocence. Mais je n'ai pas le temps de t'en parler pour l'instant. Le point le plus important, c'est qu'un flic arrivé deux minutes trop tard pour être utile a relevé mon numéro d'immatriculation. Avec Beppo à l'arrière, je ne pouvais pas m'arrêter pour lui faire un brin de causette. Tu peux être sûre qu'il en a tiré les pires conclusions. Ce en quoi il a parfaitement raison, mais pas de la façon dont il le croit. Il y avait une cabine téléphonique à vingt mètres et à moins qu'oncle Tom ne l'ait étranglé avant, il a transmis mon numéro à Londres il y a plus d'une heure. Et Teal, dès qu'ils auront réussi à le tirer du lit, va pointer son nez par ici. Maintenant tout ce que tu as besoin de savoir, c'est ça : je viens juste d'arriver et je suis dans mon bain. Annonce la bonne nouvelle à tous ceux qui sonneront à la porte ou téléphoneront. Et si c'est un appel urgent, suspends une serviette à l'extérieur de la fenêtre.

– Mais où vas-tu ?

– Au Berkeley, planquer le malade. Je ne suis passé que pour te donner ces instructions.

Simon Templar tira sur le bout rougeoyant de sa cigarette et referma son briquet d'un coup sec.

– Je reviens tout de suite, acheva-t-il en se glissant derrière le volant.

Quelques secondes plus tard, sa voiture stationnée sur Berkeley Street, il poussait les portes à tambour de l'hôtel.

– Un de mes amis vient d'avoir un accident de voiture, expliqua-t-il à un réceptionniste endormi. Je voudrais une chambre pour lui maintenant ; et un docteur à onze heures. Voudriez-vous envoyer deux hommes pour le porter ? La voiture est devant la porte.

– 148, répondit l'employé sans sourciller.

Simon attendit que l'on transporte son passager inconscient à l'étage puis il jeta deux demi-couronnes dans les mains des hommes qui avaient effectué l'opération et referma la porte sur eux.

Il sortit vivement de sa poche une petite boîte nickelée qu'il avait prise dans la voiture. Il rompit le cou d'une petite fiole de verre et transvasa le fluide incolore qu'elle contenait dans le corps de pompe d'une seringue hypodermique. Son dernier *protégé* * était toujours plongé dans un sommeil de total épuisement quant à la durée duquel Simon n'avait aucune garantie. Il entreprit donc de se fournir lui-même cette garantie et enfonça pour cela l'aiguille dans un bras inerte avant d'appuyer sur le piston jusqu'à ce que la dose fût entièrement administrée.

Puis il sortit et referma la porte à clef derrière lui avant de descendre rapidement l'escalier.

En bas, le réceptionniste l'arrêta.

– Quel nom dois-je inscrire sur le registre, monsieur ?

– Teal, répondit le Saint avec une pointe d'humour. M. C. E. Teal. Il viendra signer votre registre plus tard.

– Bien, monsieur... Heu... M. Teal n'a pas de bagages, monsieur ?

– Non.

Un nouveau billet de dix livres glissa jusqu'au comptoir.

– Une avance, fit le Saint. Et je compte sur vous pour

* En français dans le texte. *(N.d.T.)*

que le docteur m'attende à onze heures, sinon j'arrache le toit de cet hôtel pour vous en faire une couronne.

Il rejeta son chapeau sur le côté et retourna à sa voiture. Alors qu'il s'engageait sur Upper Berkeley pour la seconde fois, il constata que sa première escale à son domicile avait été juste assez matinale. Il n'en éprouva cependant aucun étonnement car il avait calculé les chances de réussite de ce plan à la seconde près. Un bref éclair blanc à la croisée du premier étage capta au premier coup d'œil son regard attentif. Il donna alors un brusque coup de volant et s'arrêta de l'autre côté de la ruelle. En un éclair, il quittait son siège, ouvrait les doubles portes d'un garage à l'extrémité de l'impasse et, en une ou deux secondes supplémentaires, la voiture pénétrait en silence dans le parking.

Le Saint, sans faire aucune publicité sur le sujet, s'était récemment porté acquéreur de tout un côté de Upper Berkeley. Quelques modifications structurelles intéressantes étaient en cours. Modifications dont le conseil municipal de Londres n'avait pas été averti et pour lesquelles le cadastre n'avait pas non plus été consulté. Le gros des travaux n'était pas encore achevé mais une partie était d'ores et déjà en mesure de servir ses objectifs.

Simon dressa une échelle et monta dans la pièce vide au-dessus. Dans un coin, une ouverture avait récemment été pratiquée dans le mur. Il la franchit et parvint dans une pièce tout à fait similaire, à l'extrémité de laquelle se trouvait une ouverture semblable à la première. Il passa ainsi successivement du numéro 1 au 3, puis au 5, jusqu'à ce qu'un plongeon à travers la dernière ouverture dissimulée de l'autre côté par un rideau le conduise au numéro 7 et dans sa propre chambre.

À cet instant, sa cravate était déjà enlevée et sa chemise déboutonnée. Il ôta le reste de ses vêtements en un peu plus de temps qu'il ne lui en fallut pour se faufiler tranquillement dans la salle de bains. La baignoire était déjà remplie, et depuis longtemps, grâce aux bons soins de Patricia.

– Elle pense à tout ! soupira le Saint avec un sourire de pur délice.

Il se glissa dans son bain comme une otarie, plongea la tête sous l'eau et sortit presque du même élan tout en tirant la bonde et sans se soucier des éclaboussures impressionnantes qu'il répandait autour de lui. Deux secondes plus tard, il s'enveloppait dans un peignoir bleu et moelleux, attrapait une serviette... Puis il descendit l'escalier en pataugeant, ses pieds traînant dans une paire de pantoufles somptueusement délabrées, fredonnant comme un homme dont le foie est en excellent état et qui ne porte sur la conscience pas l'ombre d'un minuscule péché.

Ainsi franchit-il la porte du salon.

– Désolé de vous avoir fait attendre, mon cher, murmura-t-il.

L'inspecteur-chef Claud Eustace Teal se leva de son fauteuil et l'observa d'un œil soupçonneux.

– Bonjour, fit M. Teal.

– Oui, merveilleux, n'est-ce pas ? renchérit le Saint avec affabilité.

Patricia fumait une cigarette dans un autre fauteuil. Elle aurait dû, selon le code du savoir-vivre, s'employer à distraire l'attente du visiteur par une conversation enjouée sur l'actualité. Mais le Saint, qui était sensible aux atmosphères, ne perçut, lorsqu'il pénétra dans la pièce, rien d'autre qu'un silence épais et pesant. Cette sensation ne parvint cependant pas à le perturber. Il souleva le couvercle d'argent d'un plat d'œufs au bacon qu'il huma avec enthousiasme.

– Cela ne vous dérange pas que je déjeune, n'est-ce pas, Claud ? murmura-t-il.

Le détective déglutit péniblement. S'il n'avait jamais été chargé d'interroger le Saint, il aurait pu vivre une existence raisonnablement tranquille. Il était par nature un homme placide, mais ces interrogatoires ne semblaient jamais devoir suivre le cours qu'il avait prévu.

– Où étiez-vous la nuit dernière ? lâcha-t-il, bourru.

– En Cornouailles, répondit le Saint. Charmante région. Vous connaissez ?

– Quand êtes-vous parti ?

– À neuf heures cinquante-deux précises.

– Quelqu'un vous a-t-il vu partir ?

– Tous ceux qui ont tenu le rythme ont assisté à mon départ, répondit le Saint prudemment. Une partie de la population mâle s'est retirée juste avant et les autres, bien qu'enthousiastes, étaient aveugles. À l'exception de sept éliminés un peu plus tôt dans la semaine suite à une épidémie de rougeole...

– Et où vous trouviez-vous entre cinq heures moins dix et cinq heures moins cinq ce matin ?

– Sur la route.

– Quelque part dans les environs de Wintney ?

– En effet.

– Vous n'avez rien remarqué de particulier par là-bas ?

Simon plissa le front.

– Je me souviens très précisément de la scène. C'était une heure avant l'aube. La nature endormie, encore sous l'effet de la magie nocturne, reposait tranquillement sous les cieux pâlissants. Sur cette quiétude planait le silence attentif de tous les matins depuis la création du monde. La terre entière, comme la jeune épousée écoutant le pas de son amant, ou la saucisse espérant...

Le geste avec lequel Teal écrasa une tablette de chewing-gum à la menthe entre ses molaires était de pure férocité.

– Maintenant, écoutez-moi, grogna-t-il. Près de Wintney, entre cinq heures moins dix et cinq heures moins cinq ce matin, une Hirondelle portant vos plaques minéralogiques a été interceptée par un agent de police mais elle a refusé d'obtempérer.

Simon hocha la tête.

– C'était moi, sans aucun doute, fit-il en toute innocence. J'étais pressé. Voulez-vous dire que l'on va me traduire en justice ?

– Ce n'est pas tout. Peu de temps avant que vous ne passiez, l'agent a entendu un cri...

Simon hocha de nouveau la tête.

– Oui, je l'ai entendu, moi aussi. Les chouettes font de drôles de bruits parfois. Voulait-il que je lui tienne la main ?

– Ça n'était pas le cri d'une chouette...

– Vraiment ? Vous étiez donc là, vous aussi ?

– L'agent m'a fait son rapport au téléphone...

– Je ne doute pas une seconde que vous en trouviez l'usage.

Le Saint ouvrit la bouche, avala des œufs, du bacon et un morceau de toast beurré, le tout en proportions raisonnables, et se leva.

– Maintenant, c'est à vous de m'écouter, Claud Eustace.

Il appuya l'index sur l'estomac du détective.

– Avez-vous au moins un mandat pour venir chez moi à cette heure impossible de la matinée – comme à n'importe quelle autre heure d'ailleurs – et me faire subir un interrogatoire serré ?

– Cela fait partie de mon travail...

– Plutôt de la queue coupée du cochon de la tante du jardinier. Mais laissons ça de côté pour l'instant et dites-moi s'il existe un seul crime auquel votre imagination délirante ne peut songer sans devoir aussitôt m'en accuser... Pas un. Mais nous comprenons le fonctionnement de votre prétendu cerveau. Un flic lourdaud a cru entendre quelqu'un crier dans le Hampshire ce matin et parce que le hasard a voulu que je traverse cette même région, vous êtes convaincu que j'ai quelque chose à y voir. Si quelqu'un vous dit qu'un faux shilling a été trouvé dans une machine à sous de Blackpool, la première chose que vous chercherez à découvrir, c'est l'éventualité de ma présence dans un rayon de cent cinquante kilomètres autour de l'endroit six mois avant l'événement. Qu'un noyé soit repêché dans l'océan à Boston, si vous avez entendu dire que je me trouvais au bord du même océan du côté de Biarritz deux ans plus tôt et...

– Je n'ai jamais...

– Systématiquement. Mais maintenant, écoutez-moi bien. Vous n'avez aucun mandat de perquisition mais nous serons assez magnanime pour ne pas en tenir compte. Voulez-vous monter à l'étage et fouiller ma garde-robe à la recherche d'éventuelles taches de sang sur mes vêtements ? Vous êtes le bienvenu. Voulez-vous aller dans le garage et jeter un œil sur ma voiture pour vérifier qu'aucun cadavre ne se trouve sous le siège arrière ? Allez-y. Faites absolument comme chez vous, Teal. Mais avant, digérez bien ceci.

L'index impérieux s'imprima de nouveau sur la partie rebondie du gilet de l'inspecteur.

– Faites vos recherches – acceptez mon invitation –, mais si vous ne trouvez rien qui les justifie, vous allez regretter que votre père ne soit pas mort célibataire, ce qu'il aurait dû rester, à mon avis. Pour tout vous dire, Claud, vous devenez un véritable fléau. Donnez-moi ne serait-ce que la moitié de moins du quart de l'ombre d'une possibilité et je vous règle votre compte. Je vous expédie au ciel sur un énorme ballon, et en redescendant, vous ne rebondirez pas. Oh, non ! Vous vous étalerez si bien qu'un bigleux sera incapable de vous voir de biais. Vous saisissez ?

Teal déglutit.

Son air angélique adopta une teinte de rose légèrement plus prononcée. L'inspecteur se dandinait sur ses pieds comme un collégien pris en faute. Mais – rendons-lui cette justice – c'était le seul aspect immature de son comportement. Il n'était cependant pas en son pouvoir de le contrôler. Car il plongeait le regard dans les yeux bleus dansants, moqueurs et provocants du Saint qui se tenait devant lui, élancé, téméraire et jovial même dans cette tenue de bain absurde, et il comprenait parfaitement la question.

L'inspecteur-chef Claud Eustace Teal acquiesça.

– Bien sûr, grogna-t-il, si vous prenez les choses de cette façon, il n'y a rien à ajouter.

– En effet, renchérit le Saint avec concision. Si ça avait été le cas, je l'aurais fait.

Il ramassa le chapeau melon de l'inspecteur, l'épousseta avec sa serviette et le lui tendit. Teal le prit, l'observa un instant et soupira. Il soupirait encore quand le Saint l'attrapa par le bras et le poussa, poliment mais fermement, vers la porte.

3

– Et si cela, remarqua le Saint en retournant joyeusement à son petit-déjeuner interrompu, ne secoue pas sérieusement Claud Eustace, aucun tremblement de terre n'y parviendra.

Patricia alluma une nouvelle cigarette.

– Tant que tu n'en fais pas trop, dit-elle. *Qui s'excuse, s'accuse* *...

– Et *honni soit qui mal y pense* *, répliqua le Saint gaiement. Non, mon petit cœur, les effets de cette sortie dureront un certain temps. Nous voyons Claud Eustace un peu trop souvent ces derniers temps. Et je crois savoir que la saison de la chasse au Teal bat son plein.

– Et si tu me racontais l'histoire de ce Beppo ?

Simon engloutit son second œuf.

– Oh, oui ! Eh bien, Beppo...

Il lui raconta ce qu'il savait, et elle le crut. Le récit de l'aventure, avec les commentaires et les enjolivements nécessaires, passa avec les toasts et la marmelade. Lorsqu'il eut achevé, elle en savait autant que lui. C'est-à-dire très peu.

– Mais dans quelque temps, nous en saurons beaucoup plus, acheva le Saint.

Il fuma deux cigarettes, parcourut les gros titres du journal puis remonta à l'étage. Il agita quelques instants, et avec une vigueur pleine d'allégresse, une lourde paire d'haltères, puis se rasa, fit une seconde et plus longue immersion dans son bain, accompagnée cette fois de savon et de *vox humana*, et se sentit prêt à combattre à

* En français dans le texte. *(N.d.T.)*

mains nues trois poids lourds à la fois. Aucun n'étant disponible, il sélectionna une nouvelle tenue, s'habilla avec un soin nonchalant et redescendit au salon aussi éblouissant qu'un rayon de soleil.

– Cocktail au Bruton à une heure moins le quart, glissa-t-il à la jeune femme avant de se couler dehors.

À cette heure, il était alors – si cela intéresse le lecteur – dix heures-quarante-quatre précises. La population fluctuante de Upper Berkeley Mews s'était accrue d'un élément particulièrement voyant. Mais le Saint ne s'en émut pas le moins du monde. De telles choses s'étaient déjà produites par le passé. Elles faisaient partie de l'inévitable attirail des attaques de détective aiguës qui affligeaient périodiquement les laborieuses élucubrations nocturnes de l'inspecteur-chef Teal. Et, après le bref mais compréhensif échange de civilités qui avait eu lieu plus tôt dans la matinée, Simon Templar aurait été déçu de ne constater aucun symptôme de ce nouvel accès de la maladie.

Simon n'était pas surpris... Il souleva poliment son chapeau en passant devant le limier qui l'ignora superbement. Simon ne s'en formalisa pas plus... Il descendit en flânant les petites rues de Mayfair jusqu'à ce qu'il arrête le seul et unique taxi visible, à bord duquel il s'éloigna, agitant son mouchoir à la fenêtre et laissant derrière lui un agent en civil sur le trottoir cherchant désespérément autour de lui un autre taxi pour poursuivre sa filature – sans en trouver aucun.

Au coin de Dover Street et de Piccadilly, Simon régla sa course au chauffeur et se dirigea tranquillement vers l'entrée du Berkeley sur Piccadilly. Il restait quelques minutes avant onze heures mais le réceptionniste, stimulé peut-être par la menace très claire du Saint, avait déjà convoqué le médecin qui l'attendait.

Simon le conduisit lui-même jusqu'au chevet du patient et éprouva son premier choc en l'aidant à ôter la chemise du blessé.

Il resta quelques secondes silencieux, les yeux posés sur ce qu'il découvrait. Puis le médecin, qui avait observé la même chose, tourna vers lui son visage rubicond devenu subitement plus pâle.

– On m'avait dit que votre ami avait eu un accident de voiture, fit-il brusquement.

Le Saint acquiesça.

– Il lui est en tout cas arrivé quelque chose de tout à fait désagréable. Allez-vous poursuivre votre auscultation ?

Il alluma une cigarette et se dirigea vers la fenêtre devant laquelle il resta songeur, le regard posé sur le trafic de Berkeley Street, jusqu'à ce que le médecin le rejoigne.

– Il semble que votre ami ait reçu par injection un mélange de scopolamine et de morphine. Vous avez vous-même vu ses blessures. Je n'ai rien découvert de plus.

Le Saint acquiesça.

– C'est moi qui lui ai fait l'injection, expliqua-t-il. Il ne devrait pas tarder à se réveiller. La dose de scopolamine était très faible. Voulez-vous le transférer dans une clinique ?

– Je ne crois pas que cela soit nécessaire, à moins qu'il n'en manifeste le désir lui-même, monsieur... ?

– Travers.

– Monsieur Travers. Il doit avoir une infirmière, bien sûr...

– Je peux m'en occuper.

Le docteur pencha la tête.

Puis il ôta son pince-nez et regarda le Saint droit dans les yeux.

– J'imagine que vous savez comment votre ami s'est blessé ? demanda-t-il.

– Je le devine.

Le Saint secoua un petit cylindre de cendres de sa cigarette.

– Je dirais qu'il a été battu jusqu'au sang avec un fouet de cuir et qu'il a été brûlé au fer rouge.

Le médecin appuya ses doigts les uns contre les autres et cligna des yeux.

– Vous devez reconnaître, monsieur Travers, que les circonstances sont... heu... disons, pour le moins inhabituelles.

– Vous pourriez être plus explicite, personne ne vous taxerait d'exagération, le rassura le Saint avec conviction. Mais si cet aspect des choses perturbe votre conscience professionnelle, sachez que je me trouve dans la même ignorance que vous. L'histoire de l'accident était destinée aux oiseaux d'en bas. En fait, j'ai trouvé notre ami étendu sur le bas-côté de la route aux petites heures du jour ce matin. Je l'ai en quelque sorte pris en charge. Ce mystère sera, n'en doutons pas, très rapidement éclairci.

– Vous avez naturellement averti la police ?

– J'ai déjà rencontré un inspecteur et je suis sûr qu'il fait ce qu'il peut, répondit le Saint en toute sincérité.

Il ouvrit la porte et poussa fermement le médecin le long du couloir.

– Voulez-vous revenir voir le patient dans la journée ?

– Je ne crois pas que cela soit nécessaire, monsieur Travers. Ses pansements devront être changés ce soir. L'infirmière s'en chargera. Je reviendrai demain matin...

– Merci infiniment. Je vous attendrai à la même heure. Au revoir.

Simon secoua chaleureusement la main du médecin, le dirigea vers l'ascenseur et le regarda disparaître.

Il retourna alors dans la chambre, remplit un verre d'eau et s'installa dans un fauteuil au chevet du lit. Le blessé dormait tranquillement et Simon, après un coup d'œil à sa montre, se prépara à attendre la dissipation des effets de la drogue.

Un quart d'heure plus tard, alors qu'il éteignait une cigarette, l'homme remua avec un gémissement. Sa main fine rampa jusqu'à sa gorge découverte et sa tête roula de tous côtés tandis que ses paupières frémissaient frénétiquement. Simon se pencha sur lui et un filet de voix rauque franchit ses lèvres.

– *Aqua...*

– Tout de suite, mon vieux.

Simon redressa la tête de l'inconnu et porta le verre d'eau à ses lèvres.

– *Mille grazie.*

– *Prego.*

L'homme retomba sur les oreillers puis ses yeux s'ouvrirent et son regard se concentra sur le Saint.

Il n'eut, durant quelques secondes, pas le moindre éclair de lucidité. Ces yeux, comme aveugles, le fixaient sans le voir. Puis, lentement, ils s'élargirent en deux lacs ronds frissonnant d'horreur. Et l'Italien se recroquevilla avec un petit cri étranglé.

Simon lui prit le bras et sourit.

– *Non tema. Sono un amico.*

Il lui fallut un certain temps pour calmer l'inconnu et le ramener à une tranquillité incrédule mais il y parvint et, rassuré, l'Italien s'affaissa enfin contre les oreillers où il resta silencieux.

Simon lui épongea le front et sortit son étui à cigarettes.

L'homme reprit alors la parole, toujours faiblement, mais d'une voix différente.

– *Quanti ne abbiamo quest'oggi ?*

– *E il due ottobre.*

Il y eut un silence.

– *Vuol favorire di dirmi il suo nome ?*

– Templar, Simon Templar.

Il y eut un autre silence. Puis l'homme regarda le Saint à nouveau. Il reprit la parole dans un anglais presque parfait.

– J'ai entendu parler de vous. On vous appelait...

– De beaucoup de manières. Mais cela remonte à loin.

– Comment m'avez-vous trouvé ?

– Eh bien... Je dirais plutôt que c'est vous qui m'avez trouvé.

L'Italien passa la main sur ses yeux.

– Je me souviens à présent. Je courais. Je suis tombé. Quelqu'un m'a ramassé...

Il s'agrippa tout à coup au poignet du Saint.

– Est-ce que vous l'avez vu, *lui* ?

– Votre gentil camarade ? murmura Simon. Oui, bien sûr. Il m'a vu également, mais pas assez tôt. Oui, nous nous sommes sans aucun doute rencontrés.

L'étreinte des doigts tremblants se relâcha lentement et l'homme resta immobile, son souffle saccadé traversant péniblement ses narines pincées.

– *Voglia scusarmi*, dit-il enfin. *Mi vergogno*.

– *Non ne val la pena.*

– C'est comme si je me réveillais d'un horrible cauchemar. Même maintenant...

L'Italien regarda les bandages qui recouvraient entièrement la partie supérieure de son corps et se mit à trembler de façon incontrôlable.

– Est-ce vous qui les avez posés ?

– Non. Un médecin s'en est chargé.

L'homme regarda la pièce.

– Et c'est...

– L'hôtel Berkeley, à Londres.

L'Italien hocha la tête. Il déglutit avec effort. Simon remplit son verre et le lui tendit. Un nouveau silence s'abattit sur la pièce. Comme il durait, le Saint se demanda si son patient ne s'était pas endormi. Il se leva discrètement, mais l'Italien se redressa et l'attrapa par la manche.

– Attendez.

Les mots vinrent presque tranquillement, sans précipitation.

– Il faut que je vous parle.

– Bien sûr.

Simon sourit à l'homme étendu sur le lit.

– Mais voulez-vous vraiment le faire maintenant ? Ne préféreriez-vous pas vous reposer un peu ou manger quelque chose...

L'Italien secoua la tête avec énergie.

– Après. Voulez-vous vous rasseoir ?

Et Simon s'assit.

Et il écouta, quasiment sans bouger, tandis que l'aiguille des minutes voyageait tout autour du cadran de sa montre. Il écouta dans un état de concentration intense tandis que les phrases courtes et précises de l'histoire de cet Italien glissaient une à une dans le silence de la chambre pour s'assembler en un dessin auquel il n'aurait jamais songé.

Il était plus d'une heure lorsqu'il redescendit lentement l'escalier, le cerveau comme une machine à vapeur lancée à plein régime bouillonnant du récit d'un des crimes les plus prodigieux de l'histoire.

Plongé dans la méditation de ce qu'il venait d'entendre, ce fut comme un somnambule qu'il posa le pied sur Berkeley Street. Et son état de préoccupation était tel qu'il faillit percuter un homme qui se dirigeait vers Piccadilly. Il fit un écart en murmurant une excuse, enregistrant sans y faire attention l'impression générale d'un costume pourpre éclatant, de gants couleur citron, d'une canne à pommeau d'or, d'une chemise lavande, d'une cravate à pois et...

Le regard du Saint ne s'arrêta qu'une fraction de seconde sur le visage de l'homme en question. Ils étaient passés l'un à côté de l'autre sans le moindre tressaillement de reconnaissance, sans même un battement de paupières. Mais le Saint avait vu...

Il avait vu que ce visage, tel un masque de marbre, sauvage et arrogant, ne ressemblait à aucun des visages noirs qu'il avait rencontrés... avant ce matin. Et il savait, avec la même certitude, que les yeux incrustés dans ce visage noir l'avaient identifié au moment où il les reconnaissait lui-même... et avec la même indifférence feinte. Et, alors qu'il traversait nonchalamment Berkeley Square et que les portes du Bruton Club se refermaient sur lui, il savait, sans avoir eu besoin de se retourner, que les yeux noirs le fixaient toujours et avaient repéré où il était entré.

4

Le Saint retrouva cependant Patricia avec le sourire le plus joyeux et le plus insouciant qu'elle lui eût jamais vu.

– J'aimerais, fit le Saint en s'affalant dans un fauteuil, trois grands doubles Martini dans un grand verre. Pour me tapisser l'estomac. Après ça, je devrais pouvoir me tirer respectablement d'une soif que ne pourront correctement étancher que deux pintes de bière amère.

– Tu auras un Martini et puis nous déjeunerons, trancha Patricia.

Le Saint lâcha un soupir.

– Tu n'as aucune compassion, gémit-il.

Patricia posa son magazine sous la table.

– Alors, quoi de neuf ? demanda-t-elle.

– Au sujet de Beppo ?... Eh bien, en ce qui le concerne, un tas de choses sont nouvelles. Je peux déjà te dire ça par exemple : Beppo n'est rien de moins que le duc de Fortezza, président intérimaire de la banque d'Italie.

– Il est... Quoi ?

– Président de la banque d'Italie par intérim, et ça n'est pas tout. Pat, ma vieille, ne t'ai-je pas dit dès le début qu'il s'agissait d'un jeu des plus divertissants ? Eh bien, par le ciel, c'est un jeu des plus divertissants comme nous ne sommes pas près d'en retrouver.

Simon apposa son paraphe sur la fiche qu'un serveur lui présentait sur un plateau, se radossa et contempla son verre d'un œil rêveur.

– As-tu remarqué il y a quelque temps dans les journaux, un article annonçant que la banque d'Italie se préparait à émettre de nouveaux billets sur un papier-monnaie entièrement original ? demanda-t-il.

– Oui, j'ai lu quelque chose là-dessus.

– En effet. L'affaire a été conclue avec Crosby Dorman, une de nos plus grosses imprimeries, spécialisée dans l'émission de billets et de timbres-poste de tout un tas de petits pays. Beppo s'en est occupé. Il est venu à Londres il y a quelque temps pour apporter les planches à billets et signer l'autorisation d'imprimer. Il y a une semaine, il a fait un second voyage pour prendre livraison de la caisse contenant les trois millions de lires et s'occuper de son transfert en Italie.

– Et alors ?

– Alors je vais te le dire. Un million de lires supplémentaire a été commandé en petites coupures et cette livraison est partie dans une caisse séparée. La commande a été passée sur un papier officiel, avec la propre signature de Beppo en bas à gauche. Dans l'intervalle, Beppo tombe malade. La première caisse de fric s'embarque donc sur le galion sans lui, entourée de soldats, d'agents des services secrets, de détectives en tout genre, tous armés jusqu'aux dents et plus. Par une autre de ses aimables lettres, Beppo s'excuse de son absence et informe les responsables de poursuivre les opérations sans lui. Une troisième missive explique la situation à la banque...

Patricia se redressa.

– Et la caisse était vide ?

– La caisse a été blindée dans les règles de l'art, scellée par un cachet de cire, exactement comme le stipulait la commande.

– Mais...

– Mais, comme tu dis. Il fallait que cette caisse arrive en Italie. Avec les billets. La nouvelle émission devait être lancée sur le marché. Ce qui est le cas depuis déjà trois jours. De cette façon, l'appât était mis pour le gros poisson : la seconde caisse, contenant approximativement un million de billets de cent lires convertibles en livres sterling à vue. Tous les directeurs de la banque d'Italie, toute l'équipe des caissiers, employés de bureau comme les portiers ou les garçons de courses, la société vigilante des soldats, des agents des services secrets et des détectives en tout genre, armés jusqu'aux dents et plus au grand complet, tous – tu m'entends – sont aussi innocents de l'existence de ce million que la fille à naître de la blanchisseuse du khalife.

La jeune femme le contempla, les yeux écarquillés.

– Tu veux dire que Beppo est impliqué ?

– Est-ce que ça en a l'air ?

Simon Templar dressa vers elle un sourcil inquisiteur tandis qu'un long filet de fumée s'échappait de ses lèvres.

– J'aurais aimé que tu le voies... Je suis absolument certain qu'il est hors du coup. Ils l'ont remis entre les mains de l'oncle Tom et ont laissé ce gigantesque bonhomme s'en occuper jusqu'à ce qu'il signe. Si je te racontais ce qu'ils lui ont fait subir, tu ne serais pas si pressée de déjeuner.

Le Saint pinça les lèvres un bref instant.

– Ils l'ont mis en morceaux. Quand tu le verras, tu comprendras. Oui, tu peux me croire, ces salopards sont de vrais frères pour Beppo !

Patricia se rassit dans un silence songeur et le Saint vida son verre.

Puis elle reprit la parole.

– Qui sont ces salopards ?

Simon glissa sa cigarette au coin des lèvres.

– Eh bien, on peut dire que la bande se compose de spécimens variés, commença-t-il. Mais le plus gros est un oiseau qui répond au nom de Kuzela, dont nous n'avons pas encore fait la connaissance mais que je vais rencontrer très bientôt.

– Et l'argent...

– Sera remis aux hommes de Kuzela aujourd'hui.

Le Saint jeta un coup d'œil à sa montre.

– A été, corrigea-t-il. Et dans moins de vingt-quatre heures, de grosses liasses rebondies voleront vers ses agents disséminés à Paris, Berlin, Vienne et Madrid. Dans moins d'une semaine, elles lui reviendront par les mêmes chemins, transformées en authentiques grosses liasses de francs, de marks et de pesetas tandis qu'un million de billets de cent lires parfaitement authentiques mais dont les numéros n'auront jamais été inscrits dans les livres de comptes retourneront gentiment à la banque d'Italie qui se demandera si le monde entier n'est pas en train de s'écrouler sous ses yeux... Est-ce que tu me suis, Pat ?

Les limpides yeux bleus posèrent sur son visage l'éclair malicieux qu'elle connaissait si bien et elle énonça la question suivante presque machinalement.

– Tu entres dans la partie ?

– Et comment, ma vieille ! Mais pas un mot. Pas âme qui vive ne doit avoir vent de cette affaire. Si elle venait à se savoir, une véritable panique s'abattrait sur les marchés boursiers. Chaque petit billet de ce million supplémentaire doit être repris en main et gentiment livré aux soins attentifs de Beppo. Et l'homme qui va s'en charger est maintenant prêt à déjeuner.

Et le repas se déroula sans autres commentaires. Parce que telle était la psychologie du Saint... Il ne lui sembla pas non plus nécessaire de faire part de sa dernière rencontre avec l'oncle Tom. Parce que Simon était comme ça... Et après le déjeuner, alors que Patricia commandait le café au fumoir, un autre incident – que le Saint fut tenté de considérer comme strictement privé et d'ordre personnel – prit son tour dans la succession ininterrompue d'événements qui, depuis l'aube, ponctuaient la journée.

Simon était sorti pour téléphoner à son bookmaker et lui demander de parier un modeste billet de dix livres sur la course de trois heures et demie. Il revenait vers le fumoir quand un garçon l'arrêta dans le hall.

– Excusez-moi, monsieur, mais n'étiez-vous pas au Berkeley avant de venir ici ?

Le Saint ramena le pied droit à côté du gauche et leva imperceptiblement les sourcils.

– Oui... J'y suis passé ce matin.

– Un gentleman de couleur a laissé ceci pour vous, monsieur. Il dit qu'il les a vus tomber de votre poche en sortant de l'hôtel mais, le temps qu'il les ramasse, vous aviez disparu dans la foule. Un peu plus tard, alors qu'il traversait le passage Pansdowne, il a levé les yeux par hasard et vous a vu à la fenêtre du restaurant. Alors il les a apportés. D'après la description qu'il m'a faite, j'ai bien compris qu'il s'agissait de vous, monsieur...

– Oh, il s'agit certainement de moi.

Le Saint, qui n'avait jamais possédé de paire de gants citron de toute son existence, accepta ceux-ci avec précaution, les plia et les glissa dans sa poche.

– Sacrée coïncidence, n'est-ce pas, monsieur ? fit le garçon, heureux de bavarder un instant. Passer devant la fenêtre au moment pile où vous vous y trouvez...

– Remarquable, en effet, acquiesça gravement le Saint, se souvenant du soin qu'il prenait à se tenir éloigné de toute fenêtre.

Puis il tourna les talons et rallia rapidement une retraite discrète.

Il déplia les gants au-dessus d'un lavabo vide et entreprit, son stylo-plume dans une main, son portemine dans l'autre, de les retourner.

Il n'avait pas la moindre idée du genre d'atrocité rampante qui pouvait l'attendre dans ce piège couleur citron. Mais il ne fut que très légèrement surpris de découvrir ce qui tomba du premier gant qu'il avait attaqué.

Ce n'était qu'un simple petit éclat de bois pointu dont les deux extrémités étaient enduites d'une sorte de teinture noire.

Simon observa l'écharde une seconde ou deux sans réaction.

Puis il la prit délicatement entre deux allumettes et la glissa dans son étui à cigarettes.

Il porta ensuite son attention sur le second gant et, après quelques efforts, en sortit un morceau de papier crasseux. Il lut :

Si vous venez au 85, avenue Vandermeer, à Hampstead, ce soir à minuit, nous devrions pouvoir trouver un accord satisfaisant pour tout le monde. Sinon, je crains que les conséquences de votre intervention dans cette affaire ne soient infiniment regrettables.

K.

Simon Templar leva le message à bout de bras et le tendit vers la lumière d'une lampe où il l'observa attentivement.

– Et les baleines pondent des œufs, articula-t-il lorsqu'il eut trouvé un ton suffisamment empreint d'émotion.

Puis il éclata de rire et s'en fut retrouver Patricia.

– Si tout se passe comme prévu et que les brebis égarées de Beppo rentrent au bercail, je te promets un nouveau chapeau, lui dit-il.

Elle sourit.

– Mais en attendant, où allons-nous ? demanda-t-elle.

– Faire un petit tour, répondit évasivement le Saint.

Ils quittèrent le club ensemble et montèrent dans le taxi qui venait de décharger un client devant la porte.

– Hôtel Piccadilly, lança le Saint.

Il s'installa confortablement et alluma une cigarette.

– Je me suis débarrassé ce matin d'un homme de Teal par la Méthode numéro 1, expliqua-t-il. Tu vas maintenant avoir une démonstration de la Méthode numéro 2. Si tu continues d'étudier sous mon autorité, tu finiras par te jouer de toutes les filatures... La présente démonstration n'est peut-être qu'un gaspillage d'énergie...

Il jeta un coup d'œil par la vitre arrière.

– ... ou peut-être pas. Mais un homme sage est un homme perpétuellement méfiant.

Ils arrivèrent devant l'hôtel Piccadilly en quelques minutes et le Saint ouvrit la porte. Le prix exact de la course – plus le pourboire – était déjà dans sa main. Il jeta la somme dans la paume du chauffeur avant de suivre, sans le moindre signe de hâte mais avec la plus grande célérité, Patricia qui traversait la rue. En atteignant les portes, dans un des panneaux vitrés, il aperçut le reflet d'un autre taxi s'arrêter sur le trottoir derrière eux.

– Par ici.

Il conduisit la jeune femme promptement à travers le hall principal, la poussa dans un petit couloir attenant, lui fit traverser un autre hall, monter quelques marches avant de la faire sortir par une autre porte sur Regent Street. Une trouée dans la circulation leur permit d'atteindre la file de taxis au milieu de la rue.

– Hôtel Berkeley, fit le Saint.

Il se cala paresseusement dans son coin et sourit à la jeune fille.

– La Méthode numéro 2 n'est d'aucune utilité sur un agent aguerri qui sait que tu sais qu'il est sur tes traces, murmura-t-il.

Il lui prit son sac des mains, sortit son miroir de poche et l'utilisa comme périscope pour surveiller le trottoir qu'ils venaient de quitter.

– Ce qui n'est pas le cas, constata-t-il avec satisfaction.

– Vas-tu me dire pourquoi nous allons au Berkeley ?

– Parce que tu es l'infirmière qui va s'occuper de Beppo. Il est dans la chambre 148. La 149 est déjà réservée à ton nom. Au fait, il vaut mieux que tu te rappelles qu'il est enregistré sous le nom de Teal. C. E. Teal. Je te préparerai une valise que je t'apporterai plus tard. Une fois que tu seras au Berkeley, tu y resteras jusqu'à la fin de la journée. Le docteur s'appelle Branson et moi Travers, et si n'importe qui d'autre demande à entrer, tire-lui dessus à travers la porte et sonne le groom pour enlever le corps.

– Et toi, que vas-tu faire ?

– Je suis sur une piste que je n'ai aucune intention de lâcher. Et comme j'ai, par ailleurs, l'ambition d'être drôle, il me faudra me rendre jusqu'à une certaine boutique de ma connaissance pour y acheter un de ces gadgets mécaniques réputés hilarants. Je me suis souvenu de mes jeunes années et elles m'ont rappelé fort à propos l'outil exact dont j'avais besoin... Ah, nous y voilà !

Le taxi était arrivé à destination et ils descendirent de voiture. Patricia hésita un instant sur le seuil.

– Quand seras-tu de retour ? lui demanda-t-elle.

– Je devrais revenir pour le dîner, vers huit heures, répondit le Saint. D'ici là, tu as tout le temps de faire connaissance avec Beppo. Tu verras, il est finalement très humain. Bavarde gentiment avec lui et il te mangera dans la main. Quand il aura repris des forces, tu pourras peut-être même te permettre de lui chanter quelque chose. J'en toucherai deux mots au docteur demain... Sur ce, à plus tard, jeune fille !

Le Saint avait déjà disparu.

Et il fit exactement ce qu'il avait annoncé. Il se rendit dans un magasin de Regent Street où il acheta un petit jouet qu'il rapporta avec lui à Upper Berkeley Mews. Là, la modification qu'il apporta à son mécanisme interne l'occupa quelque temps tout en lui procurant un plaisir considérable.

Car il n'avait pas le moindre doute quant au divertissement qu'il allait vivre d'ici l'aube. L'incident des gants citron en était d'ailleurs un avant-goût indiscutable. Il témoignait d'une certaine subtilité de la partie adverse, détail qui comblait toujours le Saint de la plus grande aise.

– Si un gant ne marche pas, le second est là, résuma-t-il en boutonnant à la hâte une chemise de soirée immaculée. Je serais navré de décevoir quiconque.

Il confia tous les détails de cette dernière idée à Patricia Holm lorsqu'il la rejoignit au Berkeley, après s'être débarrassé de son surveillant attitré par la Méthode numéro 3. Avant de la quitter, il lui avait quasiment tout dit.

– À minuit, tous les rêves des méchants vont se réaliser, conclut-il. Imagine la scène. Minuit, l'heure du crime ! L'imminence d'un acte odieux voilera tout à coup les étoiles. La silhouette pitoyable de la victime innocente descendra péniblement des hauteurs de Hampstead. Ses yeux vagues et protubérants, sa bouche grande ouverte, une mousse verte poussant derrière ses oreilles... Et cette victime, c'est moi !

5

Certains hommes aiment les difficultés ; d'autres les fuient avec acharnement. D'autres encore aiment rêver à ce qu'ils feraient s'ils en avaient le courage, mais ceux-là ne nous concernent pas.

Simon Templar, sûr et déterminé, son nom écrit en lettres voyantes sur un dossard, prêt à foncer à la moindre alerte, faisait incontestablement partie de la première catégorie.

Tout ce qui met du piment dans l'existence a un prix. L'aventure n'échappe pas à la règle. C'est triste, mais c'est comme ça. Sans compétition, sans lutte, tout irait pour le mieux. L'homme le plus fort, le plus vif, le plus rusé, le plus habile, le plus perspicace, le plus vigilant, et en même temps doté de la seule et unique arme invincible de tout l'univers, n'aurait aucun mérite. Il lui suffirait de sortir de sa tanière pour massacrer tout ce qui lui tombe sous la main.

Dans la pratique cependant, les choses ne se déroulent pas toujours ainsi.

Quand les situations se gâtent et que les armes à feu prennent la parole, le premier venu est susceptible de parvenir à cette brusque et renversante conclusion que deux onces de plomb voyageant à une certaine vitesse peuvent avoir un impact aussi profond sur son anatomie que sur celle de n'importe qui.

Fait prodigieux, que le Saint avait consciencieusement ruminé quelques jours après avoir maîtrisé son alphabet. Les conséquences de cette réflexion sur sa quiétude enfantine s'étaient trouvées si proches du zéro absolu qu'on n'aurait pu y glisser un cheveu – le jour de cette découverte aussi bien que n'importe quel autre jour de son existence.

En théorie...

En théorie, bien sûr, il laissait l'artillerie se défouler et les situations pourrir sans permettre à une seule mèche de ses cheveux brillants et parfaitement coiffés de dévier de la discipline selon laquelle ils étaient ordonnés. C'est ainsi qu'il devint le Saint. Mais il est parfaitement possible d'apprécier – et de reconnaître – le déplaisir pénétrant d'un plomb lancé à grande vitesse et d'adopter aussitôt une attitude philosophique débonnaire sans pour autant éprouver la hâte effrénée d'offrir sa propre carcasse aux effets d'une démonstration par l'exemple. Ce que suivit le Saint et, le faisant chaque fois avec une attention méticuleuse, cela permit qu'on continuât à parler de lui au présent beaucoup plus longtemps que le plus optimiste des agents d'assurances ne l'aurait initialement parié.

Tout cela n'ayant pas grand-chose à voir avec le 85, avenue Vandermeer, à Hampstead...

Le Saint descendait donc la rue, les mains profondément enfoncées dans les poches d'un pantalon au pli cassant, la poignée de sa canne accrochée à son poignet gauche. Son feutre noir incliné sur son œil droit était à lui seul une atteinte à l'ordre public. Un petit air – inaudible à deux mètres – courait joyeusement sur ses lèvres. Sa démarche était décontractée mais ses yeux nonchalants enregistraient chaque détail du décor.

Apidistra, plante jolie,
Ne trouves-tu pas vexant
Que les enfants
Te prennent pour un lis ?

À une fenêtre élevée, il perçut l'infime mouvement d'un rideau qu'on écartait et comprit que son approche avait été repérée.

Comme c'est agréable, songea le Saint, enchanté, d'être attendu.

Il poursuivit d'un pas tranquille.

Sur le rebord de ta fenêtre,
Quand les étoiles brillent,
Apidistra, petit légume,
Ton âme est-elle émue ?

Un étroit portail de fer s'ouvrait sur la rue. Simon le poussa du pied et monta les marches du perron. À côté de la porte, au centre d'une plaque de laiton poli, représentant un feuillage gravé, se trouvait une sonnette.

Le Saint pointa le doigt vers elle... et retint son geste. Il se pencha, examina les nervures de plus près et un léger sourire éclaira son visage.

Il se réfugia à l'autre extrémité du porche, couvrit la plaque de son chapeau et appuya sur le bouton de la sonnette de la pointe de sa canne. Il entendit un faible sifflement puis retourna son couvre-chef à la lumière d'un réverbère. Un mince éclat de bois peint tremblotait sur le satin blanc de la doublure. Le sourire du Saint se fit encore plus lumineux et séraphique tandis qu'il cherchait une pince à épiler dans une des poches de sa veste...

À ce moment-là, la porte s'ouvrit lentement.

Du coin d'ombre où il se trouvait, Simon regarda le rayon de lumière jaune s'élargir sur le porche et le court passage dallé qui conduisait au portail. La silhouette d'un homme s'y détacha et resta un instant immobile.

Puis il fit un pas et apparut sur le seuil. Un homme grand, lourd, large d'épaules, la tête rasée. Ses poings épais pendaient mollement au bout de ses bras. Il scruta le rayon de lumière devant lui puis tourna la tête à droite et à gauche. Son visage irrégulier se plissait dans l'effort de sonder l'obscurité de chaque côté. Le plastron blanc du Saint accrocha son regard. Il se passa la langue sur les lèvres avant de parler.

– Vous entrez ? demanda-t-il d'une voix hachée d'automate.

– Après toi, mon frère, répondit suavement le Saint.

En avançant vers la lumière, il prit le molosse par le coude et le fit adroitement pivoter. Ils pénétrèrent dans la maison dans l'ordre qu'il venait ainsi de définir et Simon claqua la porte du pied derrière lui.

Contrairement à ce qu'il avait plus ou moins prévu, aucune mitraillette ne l'attendait de l'autre côté du couloir. Le Saint n'en éprouva cependant aucune honte.

– On a la frousse ? ricana le molosse quand le Saint le lâcha.

Simon sourit.

– Pas depuis l'âge de la menthe à l'eau, murmura-t-il. Et maintenant, où va-t-on ?

Le boxeur lança la tête sur le côté avec un coup d'œil vers l'escalier.

– En haut.

– Oh, vraiment ?

Simon glissa une cigarette entre ses lèvres et suivit son regard. Ses yeux remontèrent la rampe et redescendirent sur les marches.

– Après toi, encore une fois, invita-t-il d'une voix traînante. Simple précaution.

Le boxeur ouvrit la voie et Simon le suivit discrètement. Ils arrivèrent en procession sur le plus haut palier où un second molosse, légèrement plus court que le premier mais plus large d'épaules, se traîna jusqu'à une porte ouverte, un mégot de cigare éteint aux lèvres.

Le deuxième homme désigna l'entrée d'un geste de sa mâchoire inférieure et du cigare.

– Là-dedans.

– Merci, fit le Saint.

Il s'arrêta un instant sur le seuil pour examiner la pièce, une main ostensiblement glissée dans la poche de son veston.

En face de lui, au centre d'un épais tapis marron, se dressait un large bureau. Il était assorti à la simplicité rustique des bibliothèques qui rompaient la monotonie des murs de lambris ainsi qu'aux longues et austères rayures des rideaux de velours qui recouvraient les fenêtres. Ainsi que – peut-être – au matérialisme brut et ramassé du coffre-fort installé dans un coin derrière lui. De l'autre côté de cet imposant bureau, sur un fauteuil de chêne à large dossier, penché en avant, se tenait celui que le Saint était venu voir.

Simon avança, et les deux molosses refermèrent la porte avant de venir se ranger à ses côtés.

– Bonsoir, Kuzela, fit le Saint.

– Bonsoir, monsieur Templar.

L'homme assis au bureau leva une main blanche.

– Asseyez-vous.

Simon observa le fauteuil qu'on lui destinait. Puis il se tourna et, sans prévenir, attrapa l'un des molosses par le revers de sa veste. D'un geste brusque, il le jeta sur le siège et le secoua à plusieurs reprises, de haut en bas et de droite à gauche, avant de le sortir définitivement.

– Simple précaution, commenta le Saint de sa voix la plus suave.

Il adressa son plus radieux sourire au boxeur renfrogné, éprouva ses biceps et lui tapota l'épaule d'un geste encourageant.

– Tu es un bon garçon, Cuthbert, l'assura-t-il aimablement.

Puis il déplaça le fauteuil d'un mètre sur le côté et s'y installa.

– Je ne doute pas que vous excusiez toutes ces formalités, fit-il sur le ton de la conversation. Je dois me montrer d'une telle prudence ces derniers temps. Les choses les plus invraisemblables m'arrivent. Rien que l'autre jour, une superbe hypoténuse, surgissant du mauvais côté...

– J'ai déjà remarqué que vous possédiez un remarquable instinct de conservation, monsieur Templar, l'interrompit mielleusement Kuzela.

Il croisa ses mains soignées sur le buvard devant lui et étudia le Saint avec intérêt.

Simon lui retourna le compliment.

Il voyait un homme d'âge mûr en bonne santé, large d'épaules et de robuste constitution. Un front haut, bien modelé, remontait vers un reste de cheveux gris coupés court. Avec sa mâchoire carrée et son nez légèrement aquilin, il aurait pu servir de modèle au portrait type de l'homme d'affaires épanoui. Ses yeux seuls auraient trahi l'imposture. Bleu pâle, enfoncés dans leurs orbites, immobiles et implacables, ils braquaient sur leur cible un regard de félin des plus impitoyables... Le Saint le fixa droit dans les yeux et éclata de rire.

– Vous gagnerez certainement au change, déclara-t-il.

Une petite ride se creusa entre les sourcils de l'autre.

– Que voulez-vous dire... ?

– Je ne suis pas mal, répliqua le Saint sans la moindre gêne en recentrant sa cravate avec élégance.

Kuzela se renversa légèrement dans son fauteuil.

– Votre nom ne m'est pas inconnu, bien sûr, mais je crois que c'est la première fois que nous avons le plaisir de nous rencontrer.

– C'est sans aucun doute la première fois que *vous* avez le plaisir de me rencontrer, corrigea le Saint.

– La responsabilité vous en incombe. Vous avez choisi d'intervenir dans mes affaires...

Simon hocha la tête avec compassion.

– C'est très pénible, n'est-ce pas ? murmura-t-il. Et vos efforts les plus acharnés n'ont pas réussi à vous débarrasser de cette ingérence. Même en m'envoyant une paire de gants dont la seule vue aurait donné la migraine à un rhinocéros. J'ai survécu au choc. Ce doit être le Destin, mon cher.

Kuzela se pencha une nouvelle fois en avant.

– Vous êtes un jeune homme entreprenant, fit-il tranquillement. Un jeune homme inhabituellement entreprenant. Très peu d'hommes sont aujourd'hui capables de vaincre Ngano, même avec la méthode que vous avez employée. Le simple fait que vous ayez pu entrer dans cette maison témoigne de votre perspicacité... ou de votre chance.

– De ma perspicacité, précisa le Saint modestement.

– Vous avez déplacé votre siège avant de vous asseoir, et cela encore prouve une intelligence remarquable. Si vous vous étiez assis là où vous étiez censé le faire, j'aurais pu, par un simple mouvement du pied, vous envoyer une balle au centre du corps.

– J'ai vu juste.

– Depuis que vous êtes arrivé, vous avez à plusieurs reprises porté la main à votre poche. Je suppose que vous êtes armé...

Simon Templar examina les ongles de ses deux mains.

– Si j'étais né d'hier, observa-t-il posément, vous découvririez tout ce que vous voulez savoir en à peu près deux minutes.

– Encore une fois, un homme de votre réputation ne serait pas entré en contact avec la police...

– Mais un homme de ma réputation prendrait grand soin de lui.

Le regard du Saint soutint tranquillement celui de Kuzela.

– Je discute ou je me bats, Kuzela. À vous de choisir. Que préférez-vous ?

– Vous êtes prêt à discuter ?

– Dans une certaine mesure... oui.

Kuzela fit craquer ses articulations.

– En quels termes ?

– Disons... cent mille livres.

Kuzela haussa les épaules.

– Si vous revenez dans une huitaine...

– Je serais enchanté de boire un verre en votre compagnie, ajouta le Saint explicitement.

– Supposons, reprit Kuzela, que je vous fasse un chèque. Vous pourrez l'encaisser demain matin...

– Supposons plutôt, l'interrompit le Saint calmement, que vous me donniez du liquide avec lequel je puisse m'acheter des guimauves en rentrant chez moi.

Kuzela posa sur lui un regard admiratif.

– La rumeur vous concernant n'est pas mensongère, monsieur Templar, déclara-t-il. J'imagine que vous n'avez aucune objection à recevoir cette somme en... heu... coupures étrangères ?

– Aucune, fit le Saint avec affabilité.

L'autre, en se levant, sortit une petite clef de la poche

de son gilet. Et le Saint qui avait un instant observé l'abat-jour délicatement décoré de la lampe qui trônait sur le bureau – constituant par ailleurs le seul éclairage de la pièce – pivota avec un brusque sursaut.

Il savait que, d'un moment à l'autre, la bagarre pouvait éclater, qu'un homme du genre de Kuzela – un homme qui lui avait envoyé ces gants et qui avait imaginé cette sonnette extrêmement ingénieuse à la porte d'entrée – ne se laisserait pas aussi facilement manipuler. Il n'avait aucune idée de la façon dont cette attaque serait menée mais il n'avait aucune intention de l'attendre pour le savoir. Il avait obtenu tout ce qu'il espérait et, tout bien considéré...

– Montrez-moi cette clef ! s'exclama-t-il.

Kuzela se retourna, intrigué.

– Vraiment, monsieur Templar...

– Montrez-la-moi ! répéta le Saint, agité.

Il se transporta d'un bond de l'autre côté du bureau et arracha la clef des mains de Kuzela. Il l'observa une seconde puis releva la tête, une diabolique lueur d'espièglerie dansant au fond des yeux.

– Désolé, chères âmes, mais je dois vous quitter, annonça-t-il subitement.

Il faucha la lampe d'un geste vif, plongeant du même coup la pièce dans une profonde obscurité.

6

L'expression n'est sans aucun doute pas plus originale que protégée et elle peut être employée sans avoir à régler de droits d'auteur à quiconque. Elle reste néanmoins un excellent moyen de décrire le phénomène particulier qui se déroula dans la pièce.

Avec l'extinction de l'unique source lumineuse, l'obscurité s'abattit sur les lieux avec la violence torrentielle d'une cataracte de ténèbres sur les eaux du Styx. Durant un court instant, elle sembla effacer non seulement le sens de la vue mais toutes les autres facultés de perception avec elle. Une quiétude figée et lancinante s'installa entre les quatre murs. Le Saint plongea sans aucun bruit dans cet océan de tranquillité et s'accroupit sur ses orteils et le bout de ses doigts...

Il connaissait sa position au degré près et se dirigea vers son but avec la précision silencieuse d'un chat. Il entendait autour de lui les bruits de respirations difficilement contenues et la caresse glissante de pieds rampant prudemment sur le tapis. Tout à coup, surgirent derrière lui la vibration d'un mouvement violent, le bruit sourd d'un coup puissant, un juron, une bagarre, une chute et un glapissement aigu de douleur et d'effroi... Et le Saint sourit benoîtement.

– Je l'ai ! proclama une voix triomphante dans le vide obscur. Allume ton briquet, Bill.

Le grésillement de la flamme couvrit partiellement le martèlement ininterrompu de coups étouffés. Kuzela le tenait entre ses mains et, à sa lueur vacillante, les deux molosses se détaillaient mutuellement de la tête aux pieds, leurs yeux injectés de haine. Avant que la flamme ne s'éteigne, le membre fondateur de la petite organisation leur fit savoir son opinion en termes très précis.

– Espèces de pauvres types ! siffla-t-il avec un accent frémissant littéralement de fureur.

– Coucou ! lança le Saint.

Et il referma la porte sur les contorsions blasphématoires que faisaient les deux hommes pour se libérer l'un de l'autre.

À l'instant où il changeait de direction, une balle faisait voler en éclats les lambris du couloir à cinq centimètres à gauche de sa nuque. La porte de la pièce voisine, légèrement entrebâillée, l'invitait à entrer. Simon la franchit au moment où s'ouvrait celle de la pièce qu'il venait de quitter. Il se précipita à l'intérieur, claqua la porte et la ferma à clef.

En quelques pas, il fut de l'autre côté et souleva la croisée de la fenêtre. Il se tortilla comme une anguille pour grimper sur l'appui, resserra les phalanges sur le rebord et se suspendit à la seule force de ses bras. À quarante centimètres sous le niveau de ses yeux se trouvait une étroite corniche de pierre qui courait le long de la façade. Il s'y hissa et se dépêcha de rejoindre l'angle le plus proche. Au moment de tourner, il baissa les yeux vers la rue, six mètres en contrebas, et vit une voiture stationnée au bord du trottoir.

Il arriva sous une autre fenêtre. Il tendit les bras, saisit l'appui et parvint, après une adroite et acrobatique contorsion du corps, à y poser les coudes. De là, il était capable de s'agripper au châssis inférieur... Une seconde plus tard, il se redressait sur l'appui et poussait la fenêtre avec précaution.

Un murmure de voix ahuries parvenait à ses oreilles.

– Où diable est-c'qu'il est allé ?

– Tu crois qu'il a sauté ?

– Sauté, hein ? Et puis quoi encore, abruti !

Et le Saint descendit sans un bruit sur le tapis à l'abri des rideaux, dans la pièce qu'il venait juste de quitter.

À travers un petit trou dans les tentures, il vit Kuzela, à la lueur d'un briquet, ramasser le globe cassé et le pied de la lampe qu'il reposa tranquillement sur le bureau. Ses mains blanches ne montraient pas le moindre signe de nervosité. Son visage n'affichait aucune expression. Il accomplissait ses gestes avec la sérénité placide d'un gentleman patient qu'aucun incident ne pouvait sérieusement contrarier... Il testa l'interrupteur.

Lorsque la pièce fut de nouveau éclairée, il releva les yeux vers le miroir bombé sur le mur qui lui faisait face et eut la vision distordue d'une silhouette derrière lui...

Le Saint l'attrapa alors par le cou.

Des doigts aussi durs que des barres métalliques lui comprimèrent le larynx et repoussèrent au fond de sa gorge le cri qu'il aurait voulu pousser. Il se débattit comme un forcené, mais bien que ses forces fussent au-dessus de la moyenne, il était dans cette étreinte implacable aussi impuissant qu'une poupée de chiffon. Et, presque affectueusement, les pouces de Simon Templar se resserrèrent en un point précis où ils exercèrent une pression mortelle sur l'artère carotide...

Tout fut terminé en quelques secondes. Kuzela gisait inanimé les bras en croix sur son bureau et Simon Templar glissait sa clef dans la serrure du coffre-fort.

Les pistons se retirèrent doucement et la lourde porte bascula. Le Saint s'assit sur ses talons et contempla avec ravissement son contenu.

Cinq petites mallettes de cuir étaient soigneusement alignées devant lui. C'était superbe... magnifique. C'était cinq fois plus qu'il n'aurait jamais osé l'espérer.

Ces cent millions de lires étaient quelque part dans Londres. Il en était aussi sûr qu'un homme pouvait l'être. Kuzela n'aurait jamais perdu son temps à transporter son butin de leur point de départ à la maison de campagne où le duc de Fortezza était retenu. Mais que le plus improvisé des bluffs ait pu le conduire aussi promptement et sans le moindre détour à la cachette de tout ce bel argent, c'était presque trop beau pour être vrai. Et, durant quelques précieuses secondes, le Saint s'extasia sur le spectacle que sa chance toujours absurdement désopilante avait organisé pour son bonheur...

Puis il sortit les mallettes une à une et les déposa délicatement sur le sol.

Il n'avait aucun besoin de les ouvrir. Il savait...

Il les disposa rapidement en une joyeuse rangée sur le tapis. Il ramassa ensuite sa canne. Au moment où il ajustait son chapeau selon l'angle le plus étudié, les deux hommes qui l'avaient poursuivi franchissaient la porte du bureau. Mais un petit automatique pivota dans sa main libre. Les deux molosses l'aperçurent juste à temps.

– Calmez votre enthousiasme, les gars, plaisanta le Saint. Nous partons en voyage. Prenez vos bagages et allons-y.

Une mallette passa dans sa main gauche tandis que son arme menait la danse. Sous son aimable direction, les deux brutes obtempérèrent. L'évolution des événements au cours des deux dernières minutes était un peu trop délirante pour leur modeste compréhension. Leurs deux visages affichaient deux expressions uniformes de stupéfaction attristée, rappelant vaguement le registre émotionnel d'un couple de poissons rouges photographiés immédiatement après avoir signé leur premier contrat de cinéma parlant. Leur pouvoir de protestation avait lui-même temporairement déserté leurs organes vocaux. Ils ramassèrent deux mallettes chacun et permirent, avec une passivité bovine équitablement partagée, qu'on les fît sortir de la pièce.

Dans l'entrée, Simon arrêta la procession un instant.

– Avant que nous ne nous enfoncions dans la nuit, commença-t-il, je veux que tout soit très clair. Les petites valises que vous transportez, si vous l'ignorez encore, sont censées contenir chacune l'équivalent de deux cent mille livres en petites coupures. Par conséquent, dites-vous bien que tout ce que vous pourriez entreprendre pour tenter de conserver cet argent par-devers vous n'est que roupie de sansonnet en regard de ce que je suis prêt à faire pour vous l'arracher. Alors réfléchissez à deux fois avant de vous lancer dans une entreprise téméraire. Je suis le plus habile tireur au monde, conclut le Saint avec conviction, et je vous préviens tout de suite qu'au premier geste suspect je vous envoie une balle à chacun au centre de la onzième vertèbre à partir du bas. Maintenant, mes enfants, allons-y.

Et la procession s'ébranla.

Elle descendit les marches du perron, franchit l'étroit portail de fer et s'engagea sur le trottoir. Le Saint, la main droite dans la poche, fermait la marche. La comédie se jouait sans témoins. À cette heure, l'avenue Vandermeer, déjà désertique en plein jour, était d'une désolation presque insurmontable. Sur toute la longueur de l'artère, se comptait un total de quatre fenêtres allumées. Et elles étaient trop éloignées pour causer le plus léger désagrément, quelles que fussent les circonstances. Hampstead était parfait ce soir...

La voiture que Simon avait aperçue au cours de sa petite excursion sur les corniches de la maison était stationnée juste en face de la porte, à l'endroit précis où elle était censée se trouver. Alors que les deux hommes, attendant des instructions plus précises, s'arrêtaient devant la grille, une des portes de la voiture s'ouvrit et une silhouette fine glissa gracieusement sur le trottoir. Patricia... Elle se dirigea vers eux de son pas dansant et allongé.

– Tout va bien, Simon ?

– Très bien, ma belle.

– Parfait. Je suis heureuse de te voir !

– Moi aussi. Et cette équipée sauvage, crois-le ou non, n'était qu'un vulgaire tour de manège pour nourrissons.

Il posa la main sur son bras.

– Retourne derrière le volant, Pat. Démarre la voiture et sois prête à partir dès que le morceau sera à bord. Ça n'est pas tous les jours que nous promenons un million de lires à travers Londres et je ne vois pas pourquoi l'honneur de piloter ne te reviendrait pas.

– Entièrement d'accord...

La jeune femme disparut et Simon ouvrit une autre porte.

L'index de sa main droite glissé dans la gâchette de

son arme, Simon regarda les mallettes venir se ranger une à une dans le coffre. Il avait soigneusement pesé tous les termes de sa menace aux deux hommes qui effectuaient le travail. Ils avaient dû le comprendre car ils obéissaient à ses ordres avec un empressement tout à fait remarquable.

Simon ressentait pourtant un léger picotement de malaise qui remontait le long de sa colonne vertébrale jusqu'à la racine de ses cheveux comme le trajet d'une aiguille de machine à coudre. Il n'aurait pu mieux décrire la sensation qu'il éprouvait. Et il aurait été bien en peine d'expliquer pourquoi la comparaison semblait plus vraie que la réalité. C'était de l'instinct pur. Un septième sens hérité d'une centaine d'aventures palpitantes qui l'effleurait délicatement de son léger frisson d'alerte chaque fois que c'était nécessaire. Mais, pour la première fois de son existence, le Saint ignora ce signal de danger. Il entendit le grincement du démarreur, immédiatement suivi de la vibration puissante et grave des huit cylindres parfaitement réglés. Il vit la porte se refermer sur la dernière des mallettes et se retourna en souriant vers les molosses. Il les mit en joue.

– Si vous continuez cette rue jusqu'au bout, commença-t-il, elle devrait vous conduire quelque part dans les environs de Birmingham – si vous poussez jusque-là. Je suggère que vous en fassiez votre premier arrêt.

Un des deux hommes fit un pas dans sa direction.

– Écoutez un peu...

– Quoi ? demanda le Saint poliment.

– J'vais vous dire...

– C'est une très mauvaise habitude, le gourmanda le Saint sans attendre la suite. Il faut persévérer et vous en défaire. Maintenant, excusez-moi, mais je n'ai pas le temps de bavarder. J'espère que vous n'oublierez pas de vous laver derrière le cou, de veiller à ce que vos chaussettes soient bien aérées, de réciter vos prières chaque soir avant de vous coucher et de vous faire refaire le visage à la première occasion... Maintenant, mes petits anges, rabattez vos oreilles et au pas de course !

Sa main droite remua de façon significative dans sa poche. Il y eut quelques secondes de silence pesant. Puis l'homme qui avait parlé jeta la tête vers l'autre.

– Allez, on y va, lâcha-t-il.

Les deux hommes se retournèrent et s'éloignèrent d'un pas traînant, lorgnant de temps en temps par-dessus leurs épaules.

Et le Saint posa un talon sur le marchepied.

Et quelque part, de très loin, il entendit le bruit du coup assené sur son propre crâne. C'était l'expérience la plus extraordinaire qu'il lui eût jamais été donné de vivre. Patricia regardait la route devant elle. Sa main déplaçait doucement le levier de vitesse pour le mettre en prise. Le Saint lui-même n'avait pas perçu le moindre mouvement qui eût pu le mettre sur ses gardes. Et le frisson prémonitoire qu'il avait ressenti quelques secondes plus tôt avait fait ce qu'il considérait être son devoir et s'était tu... S'il n'avait senti l'écœurement causé par la vive douleur qui envahissait son cerveau comme une giclée de métal en fusion, paralysant toutes les forces de son corps, il aurait pu croire que la scène entière n'était qu'une saisissante hallucination.

Une aveuglante lumière blanche enfla devant ses yeux. Elle explosa puis se transforma en une vague de ténèbres tourbillonnantes traversée de flashes colorés et de fusées plus éblouissantes les unes que les autres. L'obscurité s'emplit alors peu à peu d'une note suraiguë qui ne tarda pas à lui déchirer les tympans. Il lui sembla que ses jambes se dérobaient...

Et puis, du fond de l'immense gouffre obscur qui l'engloutissait, surgit la voix de Patricia.

– *Simon !*

Le mot sembla s'inscrire lettre après lettre sur son cerveau engourdi, comme si son esprit déchiffrait lentement un parchemin déroulé. Il atteignit pourtant un centre nerveux et Simon fut une fraction de seconde arraché à sa torpeur pour lutter désespérément contre le néant ouaté qui l'enveloppait.

Ses yeux étaient ouverts. Il le savait. Mais il ne voyait qu'une partie indistincte du visage de la jeune femme, comme s'il l'avait contemplée sur une photographie floue et effacée qu'on lui aurait présentée de biais. Et pourtant, face à cette ultime parcelle de vision qui subsistait encore, il trouva la force inespérée de prononcer un mot :

– Démarre.

Une seconde vague d'obscurité déferla sur lui, anéantissant cette fois toute lumière et tout bruit, et il glissa dans un néant de silence et de ténèbres.

7

– Alors il semblerait que même vos arrangements puissent échouer, Templar... quand vos complices vous abandonnent, remarqua Kuzela d'une voix toujours mielleuse. Mon jeune et téméraire ami, quand vous serez un peu plus âgé, vous comprendrez que c'est toujours une erreur de se fier à une femme. C'est exactement pour cette raison que je n'ai jamais eu recours à elles.

– Je parie qu'elles en ont eu le cœur brisé, répliqua le Saint.

Il était de nouveau assis dans le bureau de Kuzela. Le coup qu'il avait reçu à la nuque lui avait laissé un violent mal de tête. La bosse qui en résultait lui donnait l'impression de vouloir sortir de son crâne comme un œuf de pingouin. Ses cheveux étaient légèrement décoiffés et les liens qui lui enserraient les poignets l'empêchaient de les bouger. Son sourire n'avait cependant pas perdu un iota de son charme.

– Il me reste toutefois à décider si je vais vous laisser profiter de cette expérience... si vous allez vivre assez longtemps pour cela. Il ne vous est peut-être pas encore apparu que vous étiez parvenu à la fin de votre prometteuse carrière, poursuivit l'homme de l'autre côté du bureau d'une voix impassible.

Le Saint soupira.

– Oh, non ! Pas encore ! plaida-t-il d'une voix lasse.

Kuzela fronça les sourcils.

– Je ne vous comprends pas.

– Il y a quelques mois à peine, on me disait exactement la même chose, expliqua le Saint. Hélas, pauvre Wilfrid ! Et il le pensait, lui aussi. « Wilf, mon vieux putois, lui disais-je, ne réalises-tu pas que je ne peux mourir avant la trois cent vingtième page ? » Il ne m'a pas cru. Et il est mort. On lui a passé la corde au cou et on l'a laissé choir dans une trappe. Les conséquences sur son anatomie furent proprement désastreuses. Jusqu'au cou il n'était pas si fin, mais à partir de là... Quelle tristesse !

Et Simon Templar posa sur l'assemblée – Kuzela, les deux boxeurs qui s'étaient traînés dans la pièce et le Noir qui se tenait derrière son siège – un large sourire. Il désigna le Noir d'un geste de la tête.

– Un de vos familiers ? s'enquit-il.

L'ombre d'un sourire se dessina sur les lèvres de Kuzela.

– C'est une chance que Ngano ait entendu le remue-ménage, fit-il. Il est sorti de la maison juste à temps.

– Pour me frapper par-derrière ? lâcha le Saint avec détachement. Je n'en doute pas, mon cher. Mais à part ça...

– Votre complice s'est échappée, avec mon bien. C'est vrai. Mais mon cher Templar, est-ce vraiment une tragédie ? Nous avons votre inestimable personne avec nous et vous – je n'en doute pas une seconde – savez non seulement où est partie cette demoiselle mais aussi l'endroit où vous retenez un gentleman que je serais fort aise que l'on me restitue.

Simon dressa un sourcil ironique.

– Lorsque j'étais vice-consul de Valachie à Pfaffenhausen, fit-il plaisamment, notre diplomatie entière était basée sur un petit poème poméranien des plus pittoresques, qui commence ainsi :

Der Steiß des Elephanten
Ist nicht, ist nicht so klein.

» Si vous voyez ce que je veux dire...

Kuzela acquiesça sans animosité. Ses mains blanches, aux gestes précis et inflexibles, cisaillèrent l'extrémité d'un cigare.

– Ne croyez pas que je sois étranger à ce genre de remarques, Templar, fit-il d'une voix égale. En fait, je me souviens d'avoir entendu précisément le même discours de notre ami le duc de Fortezza. Et cependant...

Il s'interrompit pour balayer quelques minuscules débris de tabac tombés sur le placage verni du bureau. Puis il reposa ses pâles yeux bleus sur le visage du Saint.

– Le duc de Fortezza a changé d'avis, acheva-t-il.

Simon cligna des yeux.

– Savez-vous, commença-t-il avec enthousiasme, qu'il y a là une des plus belles chansons du siècle ? Je l'entends très bien. Elle donnerait quelque chose comme :

Le duc de Fortezza éprouve souvent
le désir de batifoler.
Mais la duchesse piaille, gigote et tape du pied
et menace de fesser son ducal postérieur.
Les menaces de madame sont
tellement redoutables qu'il en a des sueurs
et se met à trembler de peur.
Alors il la câline les yeux larmoyants.
Ah ! Voilà comment le duc de Fortezza
a changé d'avis.

» Nous pourrions travailler cette idée si nous avions le temps, mais vous devez reconnaître que pour une improvisation...

– Vous sous-estimez mon sens de l'humour, Templar.

Kuzela observa sans la moindre émotion son cigare commencer à rougeoyer sous la flamme puis secoua lentement l'allumette jusqu'à ce qu'elle s'éteigne.

– Mais savez-vous l'autre erreur que vous commettez ?

– Je n'en ai pas l'ombre d'une idée, fit le Saint joyeusement.

– Vous sous-estimez mon sens de la mesure.

Le Saint sourit.

– Par de nombreux aspects, murmura-t-il, vous me

rappelez feu M. Garniman. Je me demande comment vous vous seriez entendus.

L'autre se redressa brusquement sur son siège. Son masque d'aimable sang-froid tomba un instant.

– Je serais heureux de... me chamailler avec vous plus tard... Si vous survivez, mon ami.

Il avait parlé sans élever la voix, mais deux petites flammes rouges brûlaient au cœur de ses pupilles et un concentré acide de cruauté sauvage perçait sous son intonation inaltérée.

– Mais notre temps est malheureusement compté et vous en avez gaspillé plus qu'il ne vous était alloué. Mais je crois que vous me comprenez.

Une fois encore, un éphémère filet doucereux dissimulait les syllabes mordantes.

– Allons, maintenant, mon jeune ami. Il serait dommage de nous quereller. Nous avons croisé le fer et vous avez perdu. Il est temps de signer l'armistice. Il vous suffit de me donner une petite information. Dès que nous l'aurons vérifiée et que j'aurai fini mon travail – c'est-à-dire sept jours durant lesquels vous serez mon honorable invité –, vous serez libre comme l'air. Nous pourrons nous serrer la main et nous dire adieu.

Kuzela sourit et prit un stylo.

– Alors premièrement : où est partie votre complice ?

– Mais au palais de Buckingham, naturellement, répondit le Saint, faussement étonné.

Kuzela souriait toujours.

– Quelle méfiance ! Mais vous croyez sans doute qu'on lui veut du mal et vous refusez peut-être d'accepter ma parole qu'elle sera aussi en sécurité que vous. Eh bien, cette méfiance est humaine, après tout, et je peux la comprendre. Mais admettons que je vous pose une autre question... Où est le duc de Fortezza ?

Kuzela posa un petit carnet devant lui et pointa son stylo dans une engageante expectative.

– Allons, allons ! Ça n'est pas une question si difficile, n'est-ce pas ? Il ne représente rien pour vous – un homme que vous avez rencontré pour la première fois il y a tout juste quelques heures. Si, avant de le rencontrer, vous aviez lu dans le journal qu'un accident mortel lui était arrivé, vous n'auriez absolument rien éprouvé. Et si le débat se joue entre ses embarras temporaires et votre jeune et prometteuse existence...

Kuzela haussa les épaules.

– Je n'ai aucune envie de recourir à la menace, reprit-il. Mais avec votre expérience et votre imagination, vous devez savoir que la mort ne survient pas toujours aisément. Et très récemment, vous avez fait quelque chose qui a mortellement offensé notre inestimable Ngano. Je serais très affligé de devoir vous livrer à ses soins... Allons, allons, décidons-nous rapidement. Qu'avez-vous fait du duc ?

Simon redressa le menton et porta son regard derrière le bureau.

– Rien que je ne pourrais dire à ma mère, fit-il, victorieux.

Le regard de l'autre se rétrécit.

– Dois-je en conclure que vous refusez de me le dire ?

Le Saint mit sa cheville gauche sur son genou droit.

– Tu sais, mon p'tit gars, commença-t-il, tu devrais faire du cinéma, vraiment. Tu serais parfait dans le rôle du grand type fort et silencieux. Si tu étais un peu plus costaud et que tu ne parlais pas autant.

Kuzela l'observa quelques instants.

Puis il jeta son stylo et repoussa le bloc.

– Très bien, fit-il sèchement.

Il claqua des doigts sans tourner la tête et l'un des deux boxeurs vint près de lui. Kuzela lui adressa la parole sans le regarder.

– Yelver, apporte la voiture. Nous en aurons besoin dans très peu de temps.

L'homme acquiesça et disparut ; Kuzela croisa les mains sur le bureau.

– Et vous, Templar, vous allez nous dire où nous devons aller, fit-il.

Simon redressa la tête.

Ses yeux, brillant de leur éternel éclat moqueur et

indomptable, se posèrent tranquillement sur le visage de Kuzela. Et un sourire d'une sainteté sardonique s'imprima sur ses lèvres.

– Va au diable, jeta-t-il effrontément.

Et le Noir l'arracha brutalement à son fauteuil.

Simon descendit l'escalier avec soumission. Le Noir le tenait fermement par le bras. Un des molosses fermait la marche. Son cerveau jaugeait la situation extérieure avec une exactitude éclairée.

Patricia était partie – c'était la première et la meilleure des choses. Il remerciait le ciel de lui avoir inspiré la prudente perspicacité et la clairvoyance d'esprit de ne pas se lancer dans une vaine tentative d'héroïsme. Elle n'aurait rien pu faire et, miséricordieusement, elle avait eu l'intelligence de s'en rendre compte... Mais une fois partie, que déciderait-elle de faire ?

Claud Eustace, vraisemblablement, songea le Saint.

Et un petit sourire retroussa ses lèvres. Car il avait toujours été le plus incorrigible des optimistes.

Il arriva dans l'entrée où une bourrade le poussa sans ménagement vers l'arrière de la maison. Tout en avançant, il jeta un coup d'œil à son bracelet-montre... Patricia était partie depuis presque une heure. C'était amplement suffisant pour activer Teal. Une demi-heure aurait suffi à l'inspecteur pour passer quelques coups de fil et faire cerner la maison par suffisamment d'agents pour repousser une armée de malfaiteurs – si une opération de ce genre devait toutefois être engagée. Mais aucun signe de tels développements n'avait interrompu le cours de la représentation...

Dans la cuisine, une volée de marches conduisait à la cave. Alors qu'on l'invitait à descendre, le Saint entraperçut très nettement une nouvelle similitude entre cette aventure et un épisode final de l'histoire de feu M. Garniman. Dans chaque cas, les perspectives souterraines s'étaient montrées incontestablement peu réjouissantes. Le Saint était à présent dans l'expectative et se demandait quel cadeau on allait cette fois lui offrir.

Son escorte de suceurs de cigares éteints s'arrêta au

pied des marches et Simon fut conduit dans une petite pièce nue. Du seuil, le Noir le poussa brutalement dans le coin le plus reculé et se retourna pour fermer la porte sur eux à double tour. Après avoir glissé la clef dans sa poche, il ôta son pardessus et remonta ses manches, sans que son regard noir et étincelant quittât Templar une seule seconde.

Puis il ramassa un long fouet de cuir qui traînait sur le sol et ses lèvres se retroussèrent en un affreux rictus qui découvrit ses dents.

– Alors tu ne veux pas parler, hein ? fit-il.

Il leva le bras. La longue lanière siffla dans l'air et vint claquer sur l'épaule du Saint comme une amarre trop tendue.

8

Simon, victime de la cuisante morsure qui lui étreignit la poitrine et lui traversa le dos comme un jet d'acide bouillant, vacilla.

Et il vit rouge.

Il n'aurait jamais, sinon, accompli ce qu'il fit. En moins d'un clin d'œil, tout ce qu'il y avait à voir dans la petite pièce se propagea sur son nerf optique avec la vitesse exceptionnelle d'un message nerveux parvenant au cortex. Il vit les murs et le plafond gris et sales ainsi que les dalles poussiéreuses qui recouvraient le sol. Il vit la porte fermée. Il vit la silhouette haineuse, impressionnante et assoiffée de vengeance du gigantesque Noir dressée devant lui. Il vit les muscles cyclopéens saillir et rouler sous la fine texture de la chemise de soie lavande et il se vit, lui. Durant cette fraction de seconde, il perçut ce qui l'entourait comme il n'avait jamais rien vu. Toute autre considération, toute autre pensée, la conscience même du monde extérieur et des êtres vivants qui l'habitaient s'étaient effacées de son esprit...

Puis un brouillard rouge voila son regard et le silence de la pièce sembla imploser comme un énorme globe de verre vide.

Il n'éprouvait plus rien. Dans cet état de rage aveugle, sa perception de la douleur avait tout bonnement disparu. Il se jeta instinctivement sur le côté. Puis plongeant, tournant, sautant en tous sens, il se mit à esquiver les coups machinalement, sachant à peine quand il réussissait ou non.

Et à ses poignets, il ne sentait strictement rien.

Le nœud de ses liens était hors de portée de ses dents.

Il tordit ses mains vers l'intérieur et tira. Il agit sur le cuir de toutes ses forces jusqu'à ne plus supporter l'effort surhumain qu'il imposait à ses muscles. Il vit les bords de ses liens lui mordre la peau d'un côté et la chair se tuméfier de l'autre. Cette unique douleur aurait dû l'arrêter, mais il n'en fut rien... Il maintint la pression et, avec une rage redoublée, banda un peu plus les muscles. Tout le haut de son corps frémit comme un volcan sur le point d'entrer en éruption. Ses liens de cuir, telles de vulgaires bandelettes de papier, lâchèrent sous ses yeux...

Le Saint éclata de rire.

Le fouet siffla de nouveau. Il l'esquiva en plongeant vers le sol et attrapa la lanière au moment où elle s'abattait sur lui. Ce qu'il avait intuitivement prévu survint. Le Noir le tira sauvagement à lui.

Simon Templar n'offrit aucune résistance au mouvement. Il s'accrocha au contraire fermement à sa prise et laissa toute la violence et l'énergie de cet élan se fondre naturellement dans son propre abandon. Et il se catapulta sur sa cible avec la puissance d'une pierre éjectée de sa fronde. Son poing droit s'abattit de plein fouet sur la gorge du Noir. La violence du coup fut telle que l'épaule du Saint en fut ébranlée. Simon sentit le fouet pendre librement dans sa main.

Il recula et vit le sourire s'effacer du visage noir tordu de douleur. La poitrine du colosse se souleva avec effort puis se relâcha dans un sifflement presque inaudible. L'écrasante puissance de ce coup dans le gosier lui avait paralysé le larynx aussi efficacement que s'il avait été transpercé d'une balle. Ses lèvres se mouvaient avec énergie mais ne produisaient qu'un murmure incompréhensible. Et le Saint, en ramenant le fouet à lui, éclata une nouvelle fois de rire.

– Le public attend de la musique, fit-il avec une extrême douceur. Tu ne vas pas le décevoir.

Le Noir bondit sur lui comme un tigre.

L'unique coup de poing qui avait renversé la situation aurait plongé n'importe quel homme dans des heures d'impuissance torturée. Mais dans ce cas précis, Simon n'avait escompté aucun résultat de ce genre. Son coup avait obtenu tout ce qu'il avait espéré qu'il obtînt : neutraliser la voix de son adversaire — pour l'empêcher d'appeler à l'aide - et donner au Saint l'avantage de la seule arme de la pièce. Et avec la brume rouge de rage déchaînée qui tourbillonnait toujours devant ses yeux, Templar se lança avec enthousiasme dans le combat de sa vie.

Il esquiva le premier assaut furieux de l'autre camp avec l'aisance et l'élégance d'un piéton expérimenté évitant un équipage tiré par deux chevaux lancé à vive allure. Et tout en se dérobant, il fit claquer le fouet en un mouvement qui déchira la chemise de soie lavande avec la précision d'une lame de rasoir.

Le Noir vint s'écraser sur le mur opposé avec un cri animal, fit volte-face et se jeta de nouveau sur lui. Et de nouveau le Saint se jeta gracieusement sur le côté et envoya le fouet caresser méchamment les côtes de son adversaire avec un puissant claquement...

Il savait que laisser son ennemi courir à l'aveuglette à travers un brouillard de colère et de douleur, réduisant à néant toute tentative de combat réfléchi, était le seul espoir qui lui restait. Le lutteur mesurait près de deux mètres de haut. Il totalisait plus de cent cinquante kilos de perversité cruelle, teigneuse et forcenée enfermée avec Simon Templar entre ces murs sinistres, humides et dégoûtants. Et Simon savait, avec une certitude froide et sereine, que si ces deux mètres et ces impressionnants cent cinquante kilos d'os et de muscles se convertissaient en une taille et un poids identiques de précision meurtrière logique et rusée, aucun homme au monde ne pourrait leur résister plus de deux minutes. Ainsi le Saint, sans se troubler ni hésiter un seul instant, concentra ses propres forces, vitesse et folie meurtrière, dans l'étroit canal, seul susceptible de lui laisser une chance de combattre.

C'était un duel entre la puissance exceptionnelle d'un athlète d'une part et l'agilité rapide, le regard acéré de l'homme le plus rusé au monde de l'autre. Un duel sans précédent, dans lequel aucun coup déloyal n'était interdit. Infatigable, le Saint traversait la pièce en tous sens, passait aisément devant, derrière et même sous les bras massifs tendus pour l'attraper. Il surgissait du côté le plus insoupçonné, disparaissait tout d'un coup, tournoyait sur ses talons, aussi souple qu'un danseur, aussi insaisissable qu'une goutte de mercure sur une assiette de porcelaine. Et à chaque fois, la lanière de cuir effilé qu'il tenait à la main sifflait et tourbillonnait comme un fer de lance déchaîné, frappant et se retirant, puis frappant encore avec une précision mortelle et cuisante. Une fois le Noir parvint à saisir le fouet, mais le Saint lui fit lâcher prise d'un coup de pied dans le coude qui détendit les doigts de l'homme comme si ses tendons avaient été brutalement sectionnés. Une fois le pied du Saint trébucha et il dut lutter comme un forcené pour se libérer du piège qui se refermait sur lui. Sa rafale désespérée de coups dans les côtes fit chanceler le géant durant le bref instant qui lui suffit pour se dégager et le combat reprit.

Il continua ainsi jusqu'à ce que le torse du Noir à demi nu fût luisant d'une écume fumante de sueur et de sang. Un pas mal assuré du colosse imprima dans l'esprit particulièrement tendu de Simon la révélation inespérée qu'il avait gagné la bataille.

Et pour la première fois, le Saint resta immobile, le dos contre un des murs, tenant le Noir en respect par le seul claquement de son fouet.

Puis Simon avança et l'autre recula...

Le Saint l'accula dans le coin opposé et le força à se mettre à genoux. Il était à bout de forces. Et alors, tandis que l'homme s'effondrait, le visage contre terre, Simon bondit et le prit par la cheville.

– Tes mains derrière le dos, ordonna-t-il d'un ton rauque et indiscutable, ou je t'arrache la jambe !

Il exerça une torsion vigoureuse et l'homme obtempéra avec un gémissement. Simon lui coinça la cheville sous son genou et appuya de tout son poids. De ses doigts agiles, il noua l'extrémité de la lanière du fouet autour des poignets du Noir, passa le manche par-dessus une épaule, autour du cou et sur l'autre épaule avant de faire un nœud coulant. Une goulée d'air pénétra bruyamment dans les poumons épuisés du Noir et Simon tira d'un coup sec sur le nœud.

– Un seul mot, et tu t'en vas dans les Verts Pâturages de l'éternité, déclara-t-il, caustique.

Les poumons se relâchèrent en sifflant.

– Et rentre-toi bien ça dans le crâne, ajouta le Saint sans plus de bienveillance. Si tu remues d'un angström dans cette cravate, tu t'étrangles bien gentiment tout seul. Voilà, c'est tout.

Il pêcha la clef de la porte dans la poche du Noir et se releva en inspirant profondément.

Il semblait lui-même sortir d'une douche bouillante sans avoir pris le temps d'enlever ses vêtements. Maintenant que se dissipaient les vapeurs cramoisies anesthésiantes qui lui avaient troublé la vue, une large surface de son dos commençait à se raidir sous l'effet d'une abominable douleur. Mais il n'avait ni l'intention ni le temps de s'asseoir pour se lamenter sur de tels désagréments. En tournant la clef dans la serrure, il repoussa la mèche de cheveux qui lui couvrait le front et ouvrit la porte. Le mâchouilleur de cigare éteint qui attendait au pied des marches avança vers lui comme dans un film au ralenti. Sa mâchoire pendait mollement, ses yeux sortaient de leurs orbites et il contemplait le Saint comme il aurait contemplé son propre fantôme...

Souriant et ne montrant pas la moindre hâte, Simon s'avança à sa rencontre.

Et l'homme s'immobilisa sans le lâcher des yeux. Il le regarda venir, paralysé par une terreur indicible. Ce ne fut que lorsque le Saint se trouva à moins de deux mètres de lui qu'un cri plaintif monta de sa gorge tandis qu'il dirigeait faiblement la main vers sa poche.

Il ne comprit que peu de chose de la suite des réjouissances. Il sentit qu'une poigne qui n'avait rien de fantomatique s'emparait de son poignet droit avant qu'il n'ait le temps de tirer, qu'une autre prise métallique se refermait sur ses genoux. Il sentit que la pesanteur l'abandonnait et il lui sembla voler dans l'espace. Quelque part dans la trajectoire de ce vol ineffable, une certaine quantité de béton d'une solidité stupéfiante surgit et lui heurta le crâne. Il n'éprouva toutefois pas l'impression de vivre un accident important. Son âme se détacha pour s'envoler vers le pays des rêves bienheureux...

Et le Saint grimpa les marches.

Il avait franchi la moitié de l'escalier quand une sonnette retentit quelque part au-dessus de lui et l'arrêta immédiatement. Puis un petit sourire en coin flotta sur ses lèvres.

– Claud Eustace, murmura-t-il en reprenant sa route à pas feutrés.

Une fois derrière la porte qui se trouvait en haut de l'escalier, il s'arrêta de nouveau et tendit l'oreille. Il entendit des pas lents et précautionneux traverser l'entrée, suivis par le cliquetis d'un verrou puis le grincement prudent de gonds tournant lentement. Ensuite il perçut la chose la plus troublante de toutes, à savoir ni plus ni moins qu'un silence épais et imposant.

Le Saint leva la main et se gratta doucement l'oreille. Un pli déconcerté naquit entre ses sourcils. Il s'était préparé à entendre presque tout sauf ça. Le silence dura quelques instants puis la porte d'entrée se referma et les pas firent le même chemin en sens inverse.

De la direction exactement opposée, le grincement d'une fenêtre à guillotine se soulevant lui fit alors plisser les yeux.

Quelqu'un se faufilait furtivement à l'intérieur. Son oreille collée au panneau de la porte, Simon observait la progression de l'intrus aussi clairement que s'il l'avait eu devant les yeux. Il entendit le bruit léger de son poids glisser sur le sol, suivi du bruit tout aussi faible de ses pas progressant sur le linoléum. Il les rapprocha de ceux de l'homme qui s'était dirigé vers la porte comme le second élément d'un duo. Puis la deuxième série de pas mourut au loin et il n'y eut plus que le bruit de l'homme retournant dans l'entrée. Une autre porte s'ouvrit... Et une voix lança un ordre corrosif.

– Restez où vous êtes !

Simon faillit dégringoler les escaliers. Stupéfié, il battit des bras pour retrouver l'équilibre et se redressa.

– Oh, Pat ! souffla-t-il. N'aurais-je pas dû m'en douter ? Tu as sonné à l'entrée pour donner l'alarme avant de faire demi-tour pour entrer par-derrière... Oh, mon petit trésor !

Souriant largement, il écouta le dialogue.

– Les mains en l'air... Parfait... Et maintenant, où est Kuzela ?

Silence.

– Où est Kuzela ?

Un glissement de pieds, et la réponse donnée à contrecœur.

– En haut.

– Alors allons-y, mon cœur.

Le bruit d'un déplacement obligé...

Et les entrailles de Simon Templar furent transportées d'extase devant la pure et poétique sainteté de la technique employée. Il ne serait pas intervenu pour un million de livres. Il n'interviendrait pas une seconde avant que Kuzela en personne ait lui aussi le temps d'apprécier toute la beauté de la situation. Il entendit les pas reprendre leur voyage. Ils passèrent devant la porte derrière laquelle il se trouvait et traversèrent l'entrée. Le Saint battit du pied quelques mesures d'une *cachucha* improvisée.

Après un délai de rigueur, il ouvrit la porte et suivit le même chemin.

Il leur laissa un instant pour atteindre le premier palier avant de gravir d'un bond la première volée de marches. Risquant un coup d'œil à travers la rampe, il eut juste le temps de voir Patricia disparaître dans le bureau de Kuzela. Puis la porte se referma sur elle d'un coup sec et le Saint se précipita pour y coller l'oreille.

Bien que la réponse à la sonnerie de la porte d'entrée eût été suivie d'un silence profond, le calme qui régnait à présent sur la maison transformait tous les efforts de discrétion précédents en un vacarme assourdissant. Contre ce néant accablant, le fracas d'un camion qui passait dans le lointain sembla ébranler la maison. Son coup de Klaxon résonna avec la violence des trompettes du Jugement dernier.

Puis Patricia reprit la parole, calmement mais avec une clarté assassine qui laissait entrevoir toutes les possibilités de meurtre à sa portée.

– Où est le Saint ? demanda-t-elle.

À ces mots, Simon Templar comprit que c'était à lui d'intervenir.

Il tourna la poignée sans aucun bruit et ouvrit largement la porte.

Patricia lui tournait le dos. Un peu plus loin sur le côté, le second molosse se tenait sagement les mains en l'air.

Derrière le bureau était assis Kuzela, son visage toujours figé dans une expression de stupéfaction incrédule et hébétée... Et comme la porte se fermait en claquant et que le Saint avançait gracieusement vers la lumière, les yeux des deux hommes se tournèrent pour se poser sur lui. Ils se dilatèrent lentement pour n'être plus que deux paires de globes braquant sur lui un regard pétrifié exprimant quelque chose qui n'était pas loin de la panique.

– Bonjour, leur lança le Saint.

Patricia se tourna à demi. Elle ne put s'en empêcher – l'expression qui se lisait sur le visage des deux malfrats devant elle était beaucoup trop sincère pour qu'elle s'imaginât une seconde qu'elle fût le résultat d'une ruse destinée à la tromper.

Mais son geste eut les mêmes conséquences. Elle détourna le regard, et le plus petit rôle de la pièce connut son heure de gloire.

Il sortit de sa stupeur comateuse, vit sa chance et s'en empara à deux mains.

L'automatique fut brutalement arraché aux mains de la jeune fille et elle-même fut jetée sans aucune considération entre les bras du Saint. Le doux sourire de Simon ne s'altéra pas une seconde.

Il écarta doucement Patricia et contempla d'un œil moqueur l'arme tournée contre lui. Sans y prêter plus d'attention, il poursuivit jusqu'au bureau.

– Quel plaisir de te revoir ! fit-il à l'adresse de Kuzela.

9

Kuzela quitta lentement son siège.

Il lui fallut un certain temps avant de retrouver l'usage de la parole. Les deux affronts consécutifs infligés aux racines de son être en moins de quarante secondes auraient fait flancher n'importe quel homme – n'importe quel homme sauf peut-être le Saint... Mais celui-ci ne montrait pas le moindre trouble. Il attendait dans un silence respectueux que l'autre ait discipliné la stupéfaction flapie qui se lisait sur sa figure et remonté sa mâchoire pour un sourire de circonstance.

– Mon cher et jeune ami !

Sa voix, lorsque Kuzela l'eut retrouvée, avait le même timbre effilé qu'avant. Simon accueillit le compliment avec une révérence moqueuse destinée aux nerfs de son vis-à-vis et lui renvoya, non sans une ironie mordante :

– Mon cher vieux camarade ! murmura-t-il en tendant les bras.

– Vous nous avez épargné la peine d'aller vous chercher, Templar, enchaîna Kuzela sans se départir de son affabilité. Mais où est Ngano ?

Le Saint dressa des sourcils railleurs.

– Je crains qu'il... heu... n'ait eu un léger accident.

– Ah !

– Non, non, pas exactement. Je ne crois pas qu'il soit déjà mort, bien qu'il ait pu aisément s'étrangler tout seul à l'heure qu'il est. Mais ça n'a pas été une partie de plaisir. Pour lui. Il me semble que, si les rôles avaient été inversés, il aurait parlé, acheva le Saint avec une fermeté glaciale et déterminée.

Kuzela se caressa le menton.

– C'est regrettable, commenta-t-il.

Puis il sourit.

– Mais cela n'a rien de fatal, mon ami, ronronna-t-il. La jeune femme a déjà résolu un de nos problèmes à notre place. Et maintenant qu'elle est là, je suis sûr que vous ferez tout ce qui est en votre pouvoir pour éviter de l'exposer au moindre danger. Alors revenons sans tarder à notre petite conversation. La jeune femme en question va peut-être nous dire elle-même où elle est allée après s'être enfuie ?

Simon glissa les mains dans ses poches.

– Oui, pourquoi pas ? fit-il avec une gaieté non dissimulée. Je suis sûr qu'elle va nous le dire.

Patricia l'observa avec incrédulité. Et Simon plongea dans son regard stupéfait ses yeux bleus emplis d'une sainte innocence si évidente que la jeune femme elle-même ne put y déceler le moindre signe de ruse.

– Est-ce que tu le penses vraiment ? demanda-t-elle.

– Naturellement, lui répondit le Saint. Il y a une ou deux choses que je serais heureux d'apprendre moi-même.

Patricia porta la main à son front.

– Puisque tu veux le savoir, quand je suis partie d'ici, j'ai conduit jusqu'...

– Au palais de Buckingham, glissa le Saint. Et après ?

– J'ai monté les sacs dans la chambre de Beppo et je l'ai vu. Il était quasiment réveillé et conscient. Je lui ai dit que je revenais ici pour te délivrer et je l'ai informé que si je n'étais pas de retour à quatre heures, ou si aucun de nous ne lui avait téléphoné avant, il devait se mettre en contact avec Teal. Je lui ai donné le numéro de téléphone personnel de Teal. Il ne voulait pas me laisser repartir, mais j'ai insisté. C'est tout ce qu'il y a à raconter. J'ai eu une crevaison en venant et cela m'a retardée un peu...

– Aucune importance, l'interrompit le Saint.

Il se tourna vers le bureau.

L'homme au revolver se tenait à moins d'un mètre à sa droite, mais le Saint, ignorant jusqu'à son existence, se pencha un peu plus en avant et plongea son regard bleu dans les yeux de Kuzela. Son aplomb détaché forçait l'attention tout en désarmant la méfiance. Toute trace d'humour avait cependant quitté son expression.

– Tu as entendu ? demanda-t-il.

Kuzela acquiesça. Un rictus tira un coin de sa bouche vers le haut.

– Mais je ne vois toujours aucune raison de s'alarmer, mon ami, déclara-t-il de sa voix pateline ourlée de malveillance. Après tout, nous avons le temps. Beaucoup de choses peuvent encore se produire. Avant que votre ami, M. Teal, n'arrive...

– Avant que mon ami l'inspecteur-chef Teal n'arrive avec une escouade de policiers, corrigea le Saint, je serai loin d'ici.

Kuzela tressaillit.

– Alors vous avez alerté la police ? cracha-t-il avant de se reprendre. Mais c'est votre problème. Avant qu'ils n'arrivent, comme vous dites, vous ne serez plus ici. Mais où croyez-vous que vous serez partis ?

– À la maison, James, rétorqua le Saint.

Il sortit la main de sa poche pour arranger sa veste et sourit sans aucune gaieté.

– Heureusement que notre petit différend sera réglé ce soir, poursuivit-il. Cela m'évitera le souci d'organiser d'autres réunions. Ton tortionnaire a eu son compte. Je lui ai administré une dose de son propre traitement, ce qui, je pense, le conduira à l'hôpital pour plusieurs semaines. Mais tu es encore là. Tu es après tout celui qui a donné ses ordres à Ngano. J'ai vu ce que tu avais fait au duc de Fortezza et je sais ce que tu aurais aimé me faire subir... J'espère que tu t'entendras bien avec Wilfrid.

– Et que croyez-vous que vous allez me faire ? demanda Kuzela d'une voix gutturale.

Simon le regarda droit dans les yeux.

– Je vais te tuer, Kuzela, fit-il simplement.

– Vraiment ! Et comment allez-vous vous y prendre ?

Les doigts de Simon plongèrent au fond de sa poche.

Ils en ressortirent avec une boîte d'allumettes des plus ordinaires. Il la posa sur le bureau.

– Voici la réponse à toutes les questions, lâcha-t-il.

Kuzela baissa les yeux sur la boîte. Elle était là, au milieu de son buvard blanc immaculé, jaune, longue et rectangulaire, comme l'objet le plus commun susceptible de se trouver sur n'importe quel bureau. Et son mystère semblait le narguer méchamment. Il la ramassa et la secoua. Elle était légère. Son esprit d'analyse hésitait sur la possibilité qu'elle puisse contenir un quelconque engin de mort. Le Saint l'avait sortie sans la plus petite étincelle d'excitation. Il témoignait toujours d'ailleurs de la même indifférence et observait Kuzela d'un air légèrement interrogateur.

– Tu ne l'ouvres pas ? suggéra-t-il.

Kuzela posa sur lui son regard vide d'expression. Puis, pris d'une brusque impatience, il poussa vivement du pouce le petit tiroir coulissant...

Dans un silence de mort, la boîte bascula dans les airs et retomba sur le bureau.

– Qu'est-ce que ça veut dire ? interrogea Kuzela dans ce qui était presque un murmure.

– Cela signifie qu'il te reste quatre minutes à vivre, répondit le Saint.

Kuzela approcha la main de ses yeux.

Au centre du coussinet de son pouce droit, une minuscule goutte de sang gonflait sur sa peau rose. Son regard stupide allait de son pouce à la boîte d'allumettes. Il s'imagina éprouver de nouveau la petite piqûre qui lui avait mordu la chair quand il avait poussé le réceptacle de carton et comprit brusquement. « La réponse à toutes les questions... »

Il se tenait devant eux, totalement incapable de bouger, et regardait la petite sphère cramoisie à l'extrémité de son doigt grossir avec une infinie lenteur. Plus il prenait conscience de l'imminence inéluctable de sa fin, plus son visage devenait cendreux. La goutte de sang l'hypnotisait. Elle emplissait sa vision jusqu'à ce qu'il ne fût plus capable de distinguer autre chose que les reflets microscopiques qui jouaient à sa surface... Jusqu'à ce que, tout d'un coup, elle se mît comme par enchantement à enfler pour devenir une gigantesque baudruche étincelante, imposante, qui fonçait sur lui, emplissant l'univers de la menace de son écrasante magnitude écarlate. Un grondement torrentiel bouillonna à ses oreilles...

Les autres le virent raffermir son équilibre comme pour éviter la chute, puis il se tint presque immobile. Son regard devenait fixe et vitreux. Il fit un pas de côté, tituba et s'effondra sur le sol. Ses membres s'agitaient convulsivement et ses poumons cherchaient désespérément de l'air...

Très calmement, avec même une espèce d'indifférence, le Saint tendit la main et la referma sur le poignet armé de l'homme qui se tenait à ses côtés.

L'homme sembla sortir d'un rêve. Et sans aucun intermède notable de retour à la conscience, il replongea immédiatement dans un autre. La transition étant effectuée par l'arrivée en un point de sa mâchoire d'un uppercut fulgurant qui avait pris naissance bien au-dessous de la taille du Saint et réuni chaque erg de sa masse et de sa vitesse pour les libérer selon l'angle optimum sur le visage de la victime. Il s'affaissa, totalement immobile, comme son collègue un peu plus tôt. Et Simon ramassa son arme.

– Ce qui conclut la situation, fit-il.

Patricia regardait Kuzela.

– Que lui as-tu fait ? demanda-t-elle, légèrement chancelante.

– Peu ou prou ce qu'il a tenté de me faire. Tu n'as jamais entendu parler de ces boîtes d'allumettes surprises qui envoient une minuscule fléchette à celui qui essaie de les ouvrir ? J'en ai acheté une cet après-midi et j'ai remplacé la fléchette par quelque chose qu'on m'a envoyé avec le message dont je t'ai parlé.

Il ramassa la petite boîte de mort, se dirigea vers la cheminée, la lança dans le foyer et remua les braises. Puis il prit son chapeau et sa canne qu'il avait vus sur un fauteuil avant de jeter un dernier coup d'œil autour de lui. Seuls les doigts de Kuzela continuaient de bouger. Une écume mouillait ses lèvres et coulait sur sa joue... Simon passa le bras autour des épaules de la jeune femme.

– Je pense que nous pouvons partir, fit-il en la conduisant hors de la pièce.

Ce fut dans l'entrée que l'expression benoîte d'une horloge frappa son regard et le fit sursauter.

– À quelle heure as-tu dit que Beppo téléphonerait à Teal ? s'enquit-il.

– Quatre heures.

Patricia suivit son regard puis baissa les yeux sur son poignet.

– Cette horloge doit avancer...

– Ou ta montre s'est arrêtée, coupa le Saint, lapidaire.

Il remonta sa manche et regarda sa propre montre.

– Ta montre s'est arrêtée, ma chère. Il est à présent quatre heures passées de trente minutes et donner à Claud Eustace ne serait-ce que le soupçon de l'ombre d'une chance de croire qu'il m'a tiré d'un mauvais pas me briserait le cœur. Sans parler de l'autre raison pour laquelle il ne doit pas nous trouver là. Où as-tu laissé la voiture ?

– À l'angle du pâté de maisons.

– Et c'est ici que l'on ridiculise les lévriers, lança le Saint en ouvrant la porte d'entrée.

Ils étaient au portail quand Simon vit les phares d'une voiture qui ralentissait avant de se garer le long du trottoir à sa gauche. Juste devant lui, se trouvait la voiture de Kuzela. Le Saint réalisa avec clairvoyance que c'était leur unique chance.

Il attrapa le bras de Patricia et lui remonta le col de sa veste.

– Monte vite ! lui ordonna-t-il.

Il se précipita sur le siège du conducteur. Il démarrait quand la jeune fille se jeta à ses côtés en claquant la porte. Il passa devant la voiture de police à toute allure, tête baissée et épaules voûtées, indifférent au cri qui lui parvenait aux oreilles. Sur deux roues et dans un crissement de pneus soumis à rude épreuve, il se faufilait déjà dans une rue transversale.

La voiture de police devrait faire demi-tour dans une rue étroite avant de se lancer à leur poursuite. Il se savait maintenant hors de portée. Il rusa pourtant et changea brutalement de direction. Il poursuivit à la même allure jusqu'à être certain d'avoir laissé tous ses poursuivants loin derrière.

Quelque part au nord de Tottenham Court Road, il s'arrêta enfin. À l'aide du rétroviseur, il fit quelques retouches rapides à sa mise. Lorsqu'il eut terminé, il était nettement plus présentable qu'au moment où ils quittaient Hampstead. Il était, en fait, tellement présentable, qu'ils abandonnèrent leur véhicule et marchèrent hardiment jusqu'à rencontrer le taxi qui les conduisit à Berkeley Square.

– La nuit n'est pas encore achevée, annonça le Saint tandis qu'ils remontaient Upper Berkeley Mews.

C'était une de ses intuitions habituelles et il se réjouissait toujours de la promptitude avec laquelle ses prophéties se réalisaient. Il avait à peine refermé la porte de son appartement que la sonnerie du téléphone retentissait. Il alla décrocher, envahi d'une indicible satisfaction.

– Allô... J'écoute... Qui ?... Teal ?... Dehors à cette heure, vous me stupéfiez, Claud Eustace ! Votre grand-mère permet-elle... Quoi ?... Ce que je faisais ce soir ? J'ai bu quelques bières avec Beppo... Non, pas un lépreux. BEPPO. B comme boutade, E comme effervescence, P comme psychologie, P comme pneumonie, O comme la muse du feu qui partirait à l'ascension du plus brillant des... Je vous demande pardon ?... On vous a téléphoné pour vous dire que j'étais en difficulté ?... Quelqu'un s'est joué de vous, Claud. Je suis en paix avec le monde entier... Quoi ?... Mais naturellement. J'allais me mettre au lit, mais je suppose que je peux attendre quelques minutes. Apporterez-vous vos propres gommes à mâcher ?... Entendu...

Il écouta encore un instant puis raccrocha avant de se tourner vers Patricia.

– Claud arrive, lui annonça-t-il allégrement.

Un rire léger tintait dans sa voix.

– Nous n'avons pas intérêt à fuir car il a posté des policiers en armes à chaque port et aéroport des îles Britanniques dix minutes après être arrivé sur les lieux et avoir découvert que nous lui avions joué un tour. Qu'il est aimable de nous prévenir ! Tout ceci va être follement drôle... Et maintenant, manipule le cadran de cet engin aussi vite que tu peux et demande la communication avec Beppo, mon cœur. Pendant ce temps, je cours changer de chemise. Parce que la journée s'annonce formidable !

10

L'inspecteur-chef Claud Eustace Teal glissa ses mains dodues dans la ceinture de son pardessus et leva un regard hostile sur le jeune homme remarquablement élégant qui s'appuyait négligemment à la table devant lui.

– Alors le message que j'ai reçu n'était qu'une blague, c'est ça ? grogna-t-il.

– Sans aucun doute, Claud.

Teal acquiesça lourdement.

– C'en était peut-être une, reprit-il. Mais figurez-vous que je suis allé à l'adresse qu'on m'a indiquée, et que croyez-vous que j'aie trouvé ?

– Le chah de Perse jouant aux dominos, hasarda Simon Templar ironiquement.

Le détective le foudroya du regard.

– Dans la cave, j'ai trouvé un Noir attaché avec le fouet ayant précédemment servi à lui arracher la moitié de la peau du dos. Devant la porte, se trouvait un Blanc, le crâne fracassé. Il est lui aussi à l'hôpital. À l'étage se trouvaient un autre homme étendu par terre, la mâchoire brisée, et un quatrième, dans la même pièce, mort.

Le Saint dressa les sourcils.

– Mais mon cher vieil esturgeon ! protesta-t-il d'une voix posée, pour qui me prenez-vous donc ? Un genre de séisme humain ?

– Le Noir et l'homme à la mâchoire cassée, poursuivit Teal d'un ton glacial, m'ont tous les deux donné une description de l'homme responsable, et elle vous va comme un gant. L'homme à la mâchoire cassée a également ajouté la description d'une femme qu'on ne pourrait distinguer de Mlle Holm.

– Alors, de toute évidence, nous avons des doubles, Claud.

– Il a également entendu la femme demander : « Où est le Saint ? »

Simon plissa le front.

– C'est tout à fait curieux, admit-il. Où avez-vous dit que cela se passait ?

– Vous le savez fichtrement bien ! s'énerva Teal. Et je vais vous dire autre chose, Templar. Au moment où j'arrivais dans une voiture de police, un homme et une femme ont surgi de la maison et se sont enfuis à toute allure. Et à qui imaginez-vous qu'ils ressemblaient ?

– Aux mêmes doubles, c'est évident, répondit le Saint, sûr de lui !

– Et à un pâté de maisons de là, nous avons trouvé une Hirondelle bleue à bord de laquelle les deux personnes que j'ai vues se seraient sans aucun doute enfuies si elles avaient eu le temps de l'atteindre. Son numéro d'immatriculation est ZX1257. N'est-ce pas le numéro de votre voiture ?

Le Saint se redressa.

– Claud, vous êtes remarquable ! s'exclama-t-il. C'est tout à fait ma voiture. Et moi qui croyais l'avoir perdue ! Fauchée près de Mayfair hier après-midi, en plein jour. J'avais l'intention de prévenir la police plus tôt, mais une chose entraînant l'autre...

Teal prit une profonde inspiration avant d'exploser.

– Voulez-vous savoir ce que je pense de votre défense ? lâcha-t-il dans une violente bouffée de juste courroux.

Il poursuivit sans attendre d'encouragement.

– C'est le plus lamentable fouillis de balivernes que j'aie entendu de toute ma carrière. C'est tellement ridicule que si n'importe quel jury l'écoutait plus de dix minutes, je quitterais le tribunal pour me faire interner. J'ai deux hommes qui jurent vous avoir vu et un autre qui fera de même dès qu'il reprendra connaissance. Je sais ce que j'ai vu moi-même et ce qu'ont vu les hommes qui m'accompagnaient. Tout ce que vous avez à dire est si lamentable que je vais vous emmener à Scotland Yard pour prendre votre déposition et vous mettre sous les verrous. Je vous tiens enfin, monsieur le Saint, et après ce que vous m'avez dit ce matin, j'en suis fichtrement content.

Le Saint sortit son étui à cigarettes et quitta la table pour un fauteuil. Il passa nonchalamment une jambe sur l'accoudoir.

– Eh bien, voilà qui exprime votre point de vue assez clairement, admit-il avec le plus grand flegme.

Il alluma une cigarette et releva sur l'inspecteur un regard brillant.

– Claud, je crois que vos dons d'orateur se développent avec l'âge. Vous devriez néanmoins veiller à ne pas vous laisser emporter par votre nouvelle éloquence.

– Vraiment ?

Le détective avala l'hameçon jusqu'au flotteur et serra les dents sur la ligne.

– Très bien. Alors pendant que toutes ces choses extraordinaires étaient commises par votre double – pendant qu'une demi-douzaine d'hommes sobres vous voyaient, vous écoutaient, se laissaient battre par vous et recevaient des messages de votre part –, peut-être me direz-vous ce que vous faisiez et qui peut en témoigner, vous excepté ?

Simon inhala avec volupté et sourit.

– Mais bien sûr. Comme je vous l'ai dit au téléphone, je buvais quelques bières avec Beppo.

– Qui est-ce ?

– Le duc de Fortezza.

– Vraiment ?

Teal devint sarcastique.

– Et où étaient le roi d'Espagne et le Premier ministre yougoslave ?

– Du diable si je le sais ! répondit le Saint ingénument. Mais d'autres personnes tout aussi distinguées se trouvaient là. Le comte de Montalano, le prince Marco d'Ombrie et l'ambassadeur italien...

– Le quoi ?

– L'ambassadeur. Vous savez, ces personnages qui portent des chapeaux hauts de forme et des guêtres.

– Et où cela se passait-il ?

– À l'ambassade d'Italie. Ce n'était qu'une petite réception privée, mais elle a duré un certain temps. Nous avons commencé vers minuit et nous ne nous sommes pas interrompus une seule fois avant quatre heures trente. Je n'étais pas à la maison depuis deux minutes quand vous avez téléphoné.

Teal faillit s'étouffer.

– Quel bluff essayez-vous de me faire avaler maintenant ? demanda-t-il, hargneux. Avez-vous entendu dire que j'étais devenu fou ? Vous croyez vraiment que je vais gober cette histoire avec tout ce que vous m'avez déjà servi puis rentrer chez moi sans vous poser une seule question ?

Teal lâcha un reniflement de dédain.

– Vous êtes devenu timbré ! hurla-t-il.

Le Saint quitta lentement son fauteuil. Il s'arrêta devant le détective, les pieds écartés, sa main gauche reposant souplement sur sa hanche, un sourire dangereux flottant sur ses lèvres. Le long index impérieux que Teal avait déjà expérimenté et détesté se dirigea droit et autoritairement sur le troisième bouton du pardessus du détective.

– Et maintenant, c'est à vous de m'écouter, Claud, fit le Saint d'un ton cinglant. Savez-vous dans quoi vous mettez les pieds ?

– Est-ce que je sais où je...

– Savez-vous dans quoi vous mettez les pieds ? répéta le Saint. Vous débarquez chez moi et m'accablez d'accusations graves. Vous hurlez, vous me brutalisez, vous m'accusez de mentir ou d'être cinglé et vous menacez de me faire arrêter. Je suis très sensible, Claud, poursuivit-il d'une voix plus douce, et vous me blessez. Vous me blessez si profondément que j'ai bigrement envie de vous laisser faire. Et quand vous vous serez vous-même passé la corde au cou et que vous l'aurez bien serrée, je ferai un tel raffut à vos oreilles que vous ne désirerez plus qu'une chose : donner votre démission et disparaître dans un trou perdu où les journaux n'existent pas. Voilà ce qui va vous tomber dessus, si vite qu'il vous faudra sauter comme un kangourou pour y échapper.

Simon contempla l'inspecteur un instant.

– C'est uniquement parce que je suis de bonne humeur et disposé au pardon, ajouta le Saint vertueusement, que je vais vous donner une chance de sauver votre peau. Je vais vous laisser vérifier mon alibi avant que vous ne me fassiez arrêter plutôt que de vous le faire entrer dans la cervelle à coups de bâton postérieurement. Alors vous pourrez vous excuser et rentrer chez vous, conclut-il.

Simon prit un annuaire, trouva la page qu'il cherchait et poussa le livre sous les yeux vacillants de Teal.

– Voilà le numéro, fit-il. Mayfair vingt-trois trente. Faites-le vous-même et épargnez-vous l'ennui de me dire que j'appelle un complice.

Il laissa le détective loucher sur le Bottin et se dirigea vers le téléphone.

Teal lut le numéro, posa le volume et tira sur son col.

La situation venait une nouvelle fois de lui glisser entre les mains. Il regardait le Saint avec hostilité. Un début d'immense lassitude et de profond découragement lui gonflait les paupières. Cet état d'esprit s'abattait sur lui avec la certitude absurde qu'il venait d'entendre autre chose qu'un simple bluff. Et l'ironie de la situation lui donnait envie de fondre en larmes. C'était injuste. C'était brutal. C'était un outrage aux règles élémentaires de justice et de logique. Il savait que ses preuves étaient accablantes, irréfutables. Il savait qu'il était humainement impossible d'échapper aux dépositions des témoins qu'il ferait comparaître au procès. Il en aurait mis sa tête à couper et se serait laissé conduire à l'échafaud plutôt que d'en démordre. Enfin, il savait avec la même certitude que tout cela ne suffirait pas.

Sous l'emprise d'une rage impuissante presque meurtrière, il écouta le Saint se présenter.

– Oh, c'est vous, signor Ravelli ?... Simon Templar à l'appareil. Écoutez : on dirait qu'une étrange ébullition s'est emparée des têtes pensantes de Scotland Yard. Un crime quelconque a été commis quelque part cette nuit et, pour une raison insensée, elles semblent persuadées que j'y suis mêlé. Je suis désolé de vous déranger à pareille heure, mais un policier ventripotent vient de faire irruption chez moi et...

– Donnez-moi ce téléphone ! hurla Teal.

Il arracha le combiné et le porta furieusement à son oreille.

– Bonsoir ! aboya-t-il. Inspecteur-chef Teal du Département des Enquêtes criminelles, à l'appareil. J'ai toutes les raisons de croire que ce Templar est impliqué dans un meurtre qui a eu lieu à Hampstead peu après quatre heures ce matin. Il a essayé de me faire avaler une histoire abracadabrante au sujet de... Quoi ? Mais nom de... Excusez-moi, monsieur, mais je suis absolument certain que... De minuit à quatre heures et demie ?... Mais... Mais... Mais, oh, bon sang, je... Non, monsieur, je disais... Mais il... *Qui ?*

La membrane du combiné vibra, cliqueta puis se mit à jacasser et le visage rubicond de Teal s'affaissa lamentablement.

– Très bien, monsieur. Merci infiniment, monsieur, fit-il d'une voix étranglée avant de reposer le récepteur sur son perchoir.

Le Saint lissa ses cheveux d'une main distraite.

– Nous pourrions peut-être contacter Beppo à présent, suggéra-t-il, plein d'espoir. Il est descendu au Berkeley. Puis vous pourrez dire un mot au prince d'Ombrie...

– Vraiment ?

Teal avait le ton acide et lourd de toute son amertume ravalée.

– Je n'ai pas le temps. Je sais reconnaître quand j'ai perdu. Et je sais où est ma place quand une demi-douzaine de princes et d'ambassadeurs sont prêts à jurer devant la cour que vous leur couriez après le long de l'équateur, au moment précis où je sais très bien que je suis en train de vous parler dans cette pièce. Je ne vous demande même pas comment vous avez monté ça. J'imagine que vous avez téléphoné au président des États-Unis et qu'il s'en est chargé pour vous. Mais je finirai par vous avoir, Templar, ne vous faites aucun souci.

Il referma les pans de son pardessus et ramassa son chapeau.

– Salut ! chantonna le Saint.

– Et n'oubliez pas, glapit Teal, je n'en ai pas terminé avec vous. Ne croyez pas que vous allez vous reposer sur vos lauriers. Oh, non ! Et c'en sera fini de vous. À votre prochain coup, vous n'aurez peut-être pas tout le service diplomatique italien prêt à vous tirer d'embarras. À partir de maintenant, vous ne vous moucherez pas sans que je le sache, vous m'entendez ? Je vais vous surveiller de plus près que les joyaux de la Couronne. Et votre prochaine erreur sera la dernière.

– À bientôt, mon cœur, lui répondit le Saint.

Il entendit la porte d'entrée claquer rageusement et se replongea dans son fauteuil, incapable de refréner l'éclat de rire qui le secouait.

Mais cette histoire ne trouva son épilogue que quelques semaines plus tard, lorsqu'un paquet recommandé portant une flamme italienne fut livré au numéro 7 de Upper Berkeley Mews.

Simon l'ouvrit après son petit déjeuner.

Il en sortit d'abord une petite enveloppe. Elle contenait un chèque de la banque d'Italie à son nom pour un montant dont l'importance parvint à émouvoir Simon Templar lui-même.

Il sortit ensuite un petit écrin qu'il retourna plusieurs fois, intrigué, entre ses mains. Puis il appuya le pouce sur le minuscule ressort du fermoir, et le couvercle sauta sous ses yeux ébahis.

Patricia posa la main sur son épaule.

– Qu'est-ce que c'est ? demanda-t-elle.

Le Saint leva les yeux vers elle.

– Une médaille de l'ordre de l'Annunziatta. Je t'avais promis un chapeau, non ? Eh bien, je crois que je vais aussi m'en offrir un. Je suis persuadé que l'événement le mérite amplement.

Gustave Flaubert
Trois contes
Dictionnaire des idées reçues

Anatole France
Le livre de mon ami

Frison-Roche
Premier de cordée, *2 vol.*

Théophile Gautier
Le roman de la momie

Genèse (La)

Goethe
Faust

Albrecht Goes
Jusqu'à l'aube

Nicolas Gogol
Le journal d'un fou

Frédérique Hébrard
Le mois de septembre

Histoire de Sindbad le Marin

Victor Hugo
Le dernier jour d'un condamné

Henry James
Une vie à Londres

Raymond Jean
La lectrice

Jean-Charles
La foire aux cancres

Franz Kafka
La métamorphose

Stephen King
Le singe
La ballade de la balle élastique
La ligne verte (en 6 épisodes)

Madame de La Fayette
La Princesse de Clèves

Jean de La Fontaine
Le lièvre et la tortue et autres fables

Alphonse de Lamartine
Graziella

Gaston Leroux
Le fauteuil hanté

Longus
Daphnis et Chloé

Pierre Louÿs
La Femme et le Pantin

Howard P. Lovecraft
Les Autres Dieux

Arthur Machen
Le grand dieu Pan

Nicolas Machiavel
Le Prince

Stéphane Mallarmé
Poésie

Félicien Marceau
Le voyage de noce de Figaro

Guy de Maupassant
Le Horla
Boule de Suif
Une partie de campagne
La maison Tellier
Une vie
Pierre et Jean

François Mauriac
Un adolescent d'autrefois

Prosper Mérimée
Carmen
Mateo Falcone
Colomba

Molière
Dom Juan
Les fourberies de Scapin*

Henry de Monfreid
Le récif maudit

Alberto Moravia
Le mépris

Alfred de Musset
Les caprices de Marianne

Gérard de Nerval
Aurélia

Ovide
L'art d'aimer

Charles Perrault
Contes de ma mère l'Oye

Platon
Le banquet

Edgar Allan Poe
Double assassinat dans la rue Morgue
Le scarabée d'or

Alexandre Pouchkine
La fille du capitaine
La dame de pique

Abbé Prévost
Manon Lescaut

Ellery Queen
Le char de Phaéton
La course au trésor

Henri Queffélec
Un recteur de l'île de Sein

Raymond Radiguet
Le diable au corps
Le bal du comte d'Orgel

Vincent Ravalec
Du pain pour les pauvres

Jean Ray
Harry Dickson
- Le châtiment des Foyle
- Les étoiles de la mort
- Le fauteuil 27
- La terrible nuit du Zoo
- Le temple de fer
- Le lit du diable
- L'étrange lueur verte
- La bande de l'Araignée

Jules Renard
Poil de Carotte
Histoires naturelles

Arthur Rimbaud
Le bateau ivre

Edmond Rostand
Cyrano de Bergerac

Marquis de Sade
Le président mystifié
Les infortunes de la vertu

George Sand
La mare au diable

Erich Segal
Love Story

William Shakespeare
Roméo et Juliette
Hamlet
Othello
Macbeth*

Sophocle
Œdipe roi

Stendhal
L'abbesse de Castro

Robert Louis Stevenson
Olalla des Montagnes
Le cas étrange du Dr Jekyll et de M. Hyde

Bram Stoker
L'enterrement des rats

Erich Segal
Love Story

Anton Tchekhov
La dame au petit chien

Ivan Tourgueniev
Premier amour

Henri Troyat
La neige en deuil
Le geste d'Eve
La pierre, la feuille et les ciseaux
La rouquine

Albert t'Serstevens
L'or du Cristobal
Taïa

Mark Twain
Trois mille ans chez les microbes

Vātsyāyana
Les Kāma Sūtra

Paul Verlaine
Poèmes saturniens *suivi des* Fêtes galantes

Jules Verne
Les cinq cents millions de la Bégum
Les forceurs de blocus
Le château des Carpathes

Vladimir Volkoff
Nouvelles américaines
- Un homme juste
- Un cas de force mineure

Voltaire
Candide
Zadig ou la Destinée
L'ingénu*

Emile Zola
La mort d'Olivier Bécaille
Naïs
L'attaque du moulin*

** Titres à paraître*

Librio
Le livre à 10F

174

Achevé d'imprimer en Europe
à Pössneck (Thuringe, Allemagne)
en juin 1997 pour le compte de EJL
84, rue de Grenelle 75007 Paris
Dépôt légal juin 1997

Diffusion France et étranger : Flammarion